成为 **小王子** 系列

空军飞行员

〔法〕圣埃克苏佩里——著

马振骋——译

人民文学出版社
PEOPLE'S LITERATURE PUBLISHING HOUSE

图书在版编目(CIP)数据

空军飞行员/(法)圣埃克苏佩里著;马振骋译.
—北京:人民文学出版社,2018
(成为小王子系列)
ISBN 978-7-02-014052-7

Ⅰ.①空… Ⅱ.①圣… ②马… Ⅲ.①中篇小说-法国-现代 Ⅳ.①I565.45

中国版本图书馆 CIP 数据核字(2018)第 063464 号

责任编辑　甘　慧　张玉贞
封面设计　汪佳诗

出版发行	人民文学出版社
社　　址	北京市朝内大街 166 号
邮政编码	100705
网　　址	http://www.rw-cn.com
印　　刷	上海利丰雅高印刷有限公司
经　　销	全国新华书店等
字　　数	109 千字
开　　本	890 毫米×1240 毫米　1/32
印　　张	5.5
版　　次	2018 年 6 月北京第 1 版
印　　次	2018 年 6 月第 1 次印刷
书　　号	978-7-02-014052-7
定　　价	45.00 元

如有印装质量问题,请与本社图书销售中心调换。电话:010-65233595

目 录

圣埃克苏佩里小传   1

译序　黑色空中芭蕾   1

第一章　我肯定做梦了。我在一所中学。十五岁。耐心解答我的几何题。   1

第二章　在这成堆的问题中，在这场山崩地裂中，我们自己也四分五裂。这个声音。这个鼻子。这个癖好。零星碎片是不会令人动心的。   10

第三章　一个敢死队任务……请问：为了搜集谁也不需要、即使有人活着带回来也没人接的情报去牺牲一个机组，是不是头脑清楚……   16

第四章　一切准备就绪。我们坐在飞机里。只待检验喉头送话器……   20

第五章　焦虑来自失去真正的身份。在我等候一条消息，决定我幸福或是绝望时，我像被推入了虚空。   22

第六章　我的身体记起了我曾遭受过的重跌、头颅骨折、糖浆似的黏性昏迷和在医院度过夜晚的滋味。   28

第七章　需要……需要……可是我要及时得到报答。我要有爱的权利。我要认清我为谁在死……   30

第八章	零下五十度我还是汗流不止,这是不正常的,不正常的。喔!我明白发生了什么事情:我在慢慢地昏迷。	34
第九章	逐渐逐渐地,我也体会到死在眼前时有时会产生这种奇特的感觉:意料不到的闲暇……那些想象中的气急败坏,都被现实生活否定了!	38
第十章	并不能因为押注是生与死,就可把一场猜正反面的赌博说成是历险。战争不是一种历险。战争是一种病。像伤寒症。	41
第十一章	但是,现在已没有火令我想起温情。没有冰冷的房间令我想起历险。我梦中醒来。有的只是一片绝对的空。有的只是极度的老。	50
第十二章	这一切都是荒谬的。什么都不对劲。我们的世界就是一些互不啮合的齿轮装配成的。该追查的不是机器,是钟表匠。但是钟表匠不在了。	53
第十三章	在一场已算不得是比赛的比赛中,能编些什么理由才可使人主动贡献一切?	57
第十四章	人需要东奔西走,齐声高唱,或者进行战争,才感到自己是人,这也可算使自己跟他人和世界相结合而强加于自身的联系。但是这种联系多么贫乏!一个文明若是强有力的,它使人充实,即使这人在那里一动不动。	63

第十五章	事物有了自己的意义、有了自己的位置时，还有事物成为更大事物的一个组成部分时，事物就会展示一个面目，而和平就可以观察这个面目。	70
第十六章	如果他们径自一直往前走，这是这场大动乱使人与人分裂的结果，不是他们对死的恐惧。他们什么也不恐惧：他们是空的。	73
第十七章	生活总是打破公式的框框。失败尽管有种种丑相，还是显出是走向新生的唯一途径。我知道，为了使树木破土而出，就要让种子在土里烂掉。	89
第十八章	我不是为了抵抗入侵而死，因为没有一个避难所，可供我与我爱的人躲身。我不是为了一种荣誉的存亡而死，因为我拒绝裁判。	92
第十九章	我觉得我还是同一个人。我此刻感到的，以前也曾经体验过。我的欢乐或是我的悲哀，当然已经换了对象，但是感情还是依旧。	96
第二十章	机枪大炮一阵快速的连响，放出成百颗发磷光的大弹小弹，连续不断，像成串的念珠。千百串有弹性的念珠朝着我们方向延伸，拉得要绷断了，到了我们的高度爆炸开花。	103
第二十一章	这团灰黑影子，这群纵放在外的黑猎犬，来意不善。原野是蓝的。无边无际的蓝。海底一般的蓝……	107

第二十二章	我在阿拉斯上空再一次为我的诚意寻求证据。我把我的肉体投入这场历险。我的整个肉体。我存心把它输掉的。我献出我能献出的一切，遵守这些游戏规则。	118
第二十三章	我们迟到了。迟到的同志有的不会回来了。他们迟到了吗？太晚了。也无可奈何了！黑夜使他们跌翻在永恒中。	126
第二十四章	敌人明天要占领田野。武装人员的纷扰是看不到的！地球很大。占领，在这里，可能只表现为无垠乡野中一个孤独的哨兵，田埂上一颗灰点子。	131
第二十五章	文明说来也像麦子。麦子养活人，人又留下麦种拯救麦子。麦种的保存像祖业，一代接着一代，受到尊敬。	140
第二十六章	它是一棵树种在土壤上生长的自由。它是朝着人的形象上升的环境气候。它像一种顺风，帆船靠了顺风才可在大海上自由行使。	145
第二十七章	我相信普遍精神的崇拜可以激励和凝聚个别的财富，并建立唯一真正的秩序，也即生命的秩序。一棵树是合乎秩序的，尽管它的枝杈不同于它的根须。	150
第二十八章	明天，我们也是什么都不会说的。明天，在证人看来，我们是失败者。失败者应该缄默。像种子。	159

圣埃克苏佩里小传

圣埃克苏佩里1900年出生于法国一个没落贵族的家庭。父亲是保险公司职员，母亲懂音乐，爱绘画，很有艺术素养。圣埃克苏佩里的童年过得很愉快，中学时代是在瑞士度过的，1917年回国。1919年投考海军学校失败，在巴黎美术学院学美术。1921年参加空军，受训后派往当时法属摩洛哥学习飞行，获证书。1923年复员回巴黎。这时他开始写作。

1926年9月圣埃克苏佩里考上设在图卢兹，哺育了法国最早一代民航飞行员的拉泰科埃尔航空公司。他年轻有为，热心大胆，深受上级器重。后来他调往非洲撒哈拉西部朱比角中途站。当时撒哈拉西部有三种势力：法国、西班牙和阿拉伯抵抗部落。三方面的关系有时相当紧张。飞机迫降在沙碛上，飞行员常有渴死、遭虐杀、扣作人质的危险。圣埃克苏佩里一无自卫手段，二无人生保障，凭诚意、机智和胆略，赢得摩尔人的信任，争取到西班牙人的合作，多次给处境危困的机组提供有效的帮助。在朱比角一间小木屋里，两只汽油桶上加一块木板，他写出了《南方邮航》(1928)。

1929年，他到南美洲开辟新航线。阿根廷巴塔哥尼亚气候严酷，经常飞沙走石。圣埃克苏佩里负责境内里瓦达维亚到彭塔阿雷纳斯那一段航线。1931年在阿根廷他和擅长雕塑的康素罗·桑星结婚。同年年底发表《夜航》，获费米娜文学奖，在文学界声名鹊起。

1936年西班牙爆发内战。圣埃克苏佩里去那里为巴黎两家报馆撰写通讯报道。1938年又登上飞机尝试接通纽约到麦哲伦海峡附近火地岛的航线，不幸又告失败，还身负重伤，在纽约长期治疗。1939年发表《人的大地》，获法兰西学院小说大奖。

不久，同盟国和轴心国在欧洲正式宣战。圣埃克苏佩里是空军后备役上尉军官。他已39岁，作为空军飞行员已经太老，但是他不愿意到情报处工作，再三要求转入战备役，编入侦察部门。1940年，法国贝当政府跟纳粹德国签订停战协定。圣埃克苏佩里不久退役，回到失败主义气氛弥漫的巴黎，苦闷彷徨。12月他听从好友莱翁·维尔特的劝告，下决心到美国去看能为苦难的祖国做些什么。在美国，法国戴高乐派和维希派争斗激烈，圣埃克苏佩里无所适从。苏联宣布对德作战，初期节节败退，放弃大面积土地，他振笔疾书，写成《空军飞行员》，描述他在国内阿拉斯上空的一次侦察飞行，让世人明白敢于作出牺牲的失败孕育着日后取得胜利的种子。

他不甘心在艰苦抗战中坐等胜利来临。1944年3月到了意大利那不勒斯附近卡富塔，向同盟国地中海空军司令部要求参加战斗，感动了地区作战司令美国的艾拉·埃克将军，批准他回到已迁至撒丁岛的原部队，进行五次侦察飞行。他进行了八次还不歇手。7月31日，他要执行他的第九次任务，目的地是他童年的故乡里昂东面的空域。那天风和日丽，圣埃克苏佩里精神抖擞地登上座舱，从科西嘉岛东北的博尔戈起飞，进入地中海上空后，竟像他书中的小王子一样，忽然消失得无影无踪。事情已经过去七十多年，虽然多方努力调查，也没有找到作家的遗体和飞机残骸。圣埃克苏佩里罹难的时间、地点、原因始终是个不解之谜。

战后，法国连续出版了圣埃克苏佩里的作品，其中有《要塞》(1948)、《青年时代的信札》(1953)、《笔记》(1953)、《给母亲的信》(1955)、《生命的意义》(1956)。

圣埃克苏佩里进入航空界，是他人生的转折点，这使他这个少不更事的青年，步入一个需要高度责任心和冒险精神的领域，渐渐走上光辉的人生历程。圣埃克苏佩里和他的同事，横越浩瀚沙漠，苍茫大海，巨峰林立的安第斯山脉，既锻炼了意志，又充实了思想，他从空中看到地球，只是依托在山、沙、盐碱组成的底座上，生命在上面只是像瓦砾堆上的青苔，稀稀落落的，在夹缝中滋长。在这块狭窄的背景前历史上发生过多少人间悲喜剧，产生了多少爱和恨。其实，文明有时像夕阳余晖似的，非常脆弱，一次火山爆发、一次海陆变迁、一场风沙都可以使它毁灭无遗。

飞机愈飞愈高，航线愈飞愈远，都要回到地面又重新起飞，也没有最终的目的地，这也象征了圣埃克苏佩里的思想与作品。根据圣埃克苏佩里的人生哲学，个人应该首先通过行动建立自己的本质。人的品质是以本人与他人的关系而确定的。

这样做的同时，是向着人（即我们所说的"大写的人"）的方向前进，达到理想中的自我完成。人的观念不是固定不变的，随着人的上升日臻完善。因而，人的一生是人的成长过程，人生只有一条道路，一个途径，走向人的境界，而人又是在永恒中不断完美的形象。

译序
黑色空中芭蕾

1939年9月3日，英法两国宣布与德国处于战争状态，由此开始了20世纪的第二场世界大战。德国此前吞并一部分波兰领土，感到兵力准备还不够充分，气候条件也不理想，并不急于进攻法国。法国军队也就躲在自以为是天堑的马其诺守线后面，采取守势。双方不进不退，不战不和，僵持到第二年5月，史称"奇怪的战争"。

名称虽然如此，但是对于圣埃克苏佩里的任务决不是"奇怪"两字那么轻松。他由邮航班机飞行员，转为空军飞行员。作为后备役上尉军官，三十九岁，他早已超龄，不适宜驾驶军用飞机，但是他再三要求，被编入了侦察部门。德国空军虎视眈眈，随时起飞截击，法国空中侦察飞行也愈来愈危险，在短短三周内他所属的侦察部门总共23个机组就损失了17个。

1940年5月，德国进行闪电战，机械化师长驱直入法国北部。6月17日，贝当政府向德国请求停战。22日在贡比涅签订停战协定，规定法国军队解除武装，法国五分之三领土移交给德国管理。圣埃克苏佩里复员。他说："在希特勒统治的地方没有我的位子。"他觉得自己最好的报效祖国的方法，就是写文章获得最大量的读者，争取美国的参战。

他取道葡萄牙坐船，在 1940 年的最后一天到了美国纽约港。却不料不久看到美国人的精神状态，一如慕尼黑协定签订后的法国，绥靖主义思想浓重，舆论也相当混乱。纽约法国社团内也分为三派：维希派、戴高乐派和中间派，关系错综复杂，内斗激烈，是法国国内政治派系斗争的延伸。圣埃克苏佩里号召法国人团结一致对抗纳粹，反而受到各方的攻击与污蔑。

那时，他的《人的大地》（在美国书名为《风沙星辰》）与美国本土作家约翰·斯坦贝克的《愤怒的葡萄》正在美国畅销，他也成为名人。当巴黎陷落，法国投降，全世界为之震惊，认为是欧洲伦理与文明的崩溃，报上赫然大字标题：法兰西已不再存在。

美国知识界等待法国作家挺身而出，表明自己的态度，解释法国的沦亡。但是法国作家大多数保持沉默。

圣埃克苏佩里在纽约写文章，开讲座，大声疾呼，毫无效果，过着平生最痛苦与无奈的流亡生活。他于是深居简出，写成《空军飞行员》，1942 年 1 月在纽约出版（美国书名为《飞往阿拉斯》），叙述他 1940 年 5 月 23 日在北方阿拉斯上空的一次侦察飞行，从焦虑开始，最后接受牺牲而使人物升华，让世人明白敢于接受牺牲的失败孕育着日后取得胜利的种子，法国人也是好样的。

其实这与其他多次侦察飞行一样是个送死的任务，但是圣埃克苏佩里文章中完全以一个中学生似的天真，夹叙夹议，用诙谐的比喻来描写身处绝境而又不服输的悲愤心情，这在美国非常打动人心。

《空军飞行员》的出版引起极大反响，因为法国投降还是个热门的话题，美国读者也已经等待很久，一年多内在美国图书排行榜上名列前茅，连政界权威人士也纷纷发表评论。美国报刊一致赞扬是这场战争以来的第一部大作品，是毫无异议的杰作，"在失败与流亡的阴暗岁月中一部值得骄傲的法国书"。他们看到了一个深层次的法国，不同于节节败退的参谋部留给世人的印象。法国人用刺刀在对抗纳粹德国的坦克，爱德华·维克斯1942年4月在《大西洋月刊》中写道："一位战士的信条，一位行动中飞行员的历史，这本书与丘吉尔的演说，是民主国家对希特勒《我的奋斗》做出最好的回答。"

然而法国人对这部书的态度则颇有讽刺意味。在纽约少数只写文章没有行动的"超级爱国者"认为这部书是为贝当开脱。

圣埃克苏佩里把法语稿子寄给巴黎伽利玛出版社，出版社将其送到德国当局宣传科审查，海勒中尉删去一句"希特勒，他发动了这场白痴的战争"①后签字同意出版。维希政府也没有提出反对意见。在法国被占领区，文人则对其提出最严厉的批评。

后来有法国作家向德国当局告密，书中一位犹太裔上校，

---

① 在本书中，这句话已经恢复写上。

名伊斯拉埃尔①，又有一只犹太人的鹰钩鼻，大受圣埃克苏佩里的赞扬，是明显的反对德国纳粹当局的灭犹太政策，在为国际犹太财阀政治集团招魂。《空军飞行员》后来遭到维希政府禁止。在戴高乐派占统治地位的北非居然也把它视为禁书。

但是《空军飞行员》却在法国本土私下流传，抵抗时期鼓励着法国抵抗战士、游击队员和普通人的士气。

---

① Israël，作为普通人名，本书依照《法语姓名译名手册》译为伊斯拉埃尔。此词与以色列（Israël）国名拼法一样。

第一章

我肯定做梦了。我在一所中学。十五岁。耐心解答我的几何题。两肘撑在黑色书桌上，斯斯文文地用圆规、尺、量角器。我好学，安静。有几位同学在旁边低声说话。其中一位在黑板上排出一串数字。另外几位贪玩的，在打桥牌。我时时在梦境中愈陷愈深，向窗外望上一眼。一根树枝在阳光中缓缓摆动。我望了很久，成了一个分心的学生……享受这份阳光，如同感到书桌、粉笔、黑板散发的这种童年气息，我都觉得高兴。我躲在受人关怀的童年中是多么快活！我知道，首先是童年、中学、同学，然后有一天接受考试。领取文凭。愀然不安地跨过某一道门廊；过了这道门廊，一下子成人了。那时，踩在地上的脚步重了。走上了自己的人生道路。跨出了人生道路上的最初几步。终于要在真正的对手面前试身手。尺、量角器、圆规，用来建设世界，也用来战胜敌人。再见了，游戏！

我知道，中学生一般不怕面对人生。中学生跃跃欲试。成人生活中的苦恼、危难、辛酸吓不倒一位中学生。

我却是一位奇怪的中学生。我这个中学生，知道自己生活在幸福中，不那么急于去面对人生……

杜泰特走来。我留住他。

"你坐这里，我给你玩一套扑克戏法……"

我把黑桃A给他找了出来，挺开心。

杜泰特在我对面，坐一张跟我一样的黑色书桌，晃着两条腿。他笑了。我谦虚地微微一笑。贝尼珂也上我们这里来了，手臂围住我的肩膀：

"怎么啦，小伙子？"

我的上帝，这一切多么亲切！

一位学监（是学监吗？……）打开门，召去两位同学。他们放下尺、圆规，站起身，往外走。我们目送他们出去。对他们来说，中学时代完了。人家把他们抛入了人生。他们的科学知识将有用武之地。他们将像成人，在对手身上试验自己的聪明才智。中学是个怪地方，每个人都要先后离开的。没有依依惜别。那两位同学看也没看我们。可是人生的机缘很可能把他们送往比中国还远的地方。甚至要远得多！中学以后，生活驱使大家四方奔波，他们敢说后会有期吗？

我们这些还留在温暖平安的孵化器中的人，低下了头……

"听着，杜泰特，今天晚上……"

但是，同一扇门第二次又开了。我像听到了判决书。

"圣埃克苏佩里上尉和杜泰特中尉，少校有请。"

完了，中学时代。这是人生。

"你早就知道要轮到咱们啦？"

"贝尼珂今天早晨飞过了。"

我们肯定是去执行任务的，既然他们召我们去。五月底，正是我们全面撤退、一败涂地的时候。他们牺牲机组，就像朝森林大火里浇几杯水。一切都在分崩离析，怎么还计较风险不风险呢？我们还算是法国全境空军侦察部门的五十个机组。五十个三人一组的机组，其中二十三个机组属于我们第三十三联队第二大队。三星期中，我们二十三个机组损失了十七个。我们像蜡似的熔化了。昨天，我跟加瓦勒中尉说：

"这件事我们到战后再看。"

加瓦勒中尉回答我说：

"我的上尉，您总不见得妄想战后还活着吧？"

加瓦勒不是在说笑话。我们知道，他们除了拿我们往火堆里扔，不可能做别的，即使扔了也没有用。我们是全法国仅有的五十个机组。肩负法国军队的全部战略任务！大森林在燃烧，灭火的才只几杯水，就拿来做祭礼吧。

这没错。谁想到埋怨啦？哪一个听到我们的人有过别的回答，除了，"好的，我的少校。""是的，我的少校。""谢谢，我的少校。""明白，我的少校。"这场战争后期[①]，有一个印象盖过其他印象。那就是荒谬的印象。一切都在我们身边崩溃。一切都在覆灭。无一幸免，使死亡本身也显得荒谬。在这场天翻地覆中，死亡也缺乏严肃性……

我们走进阿利亚斯少校屋内。（他今天还在突尼斯指挥同一个第三十三联队第二大队。）

[①] 1939年9月3日，法国向德国宣战。1940年6月17日，法国贝当政府请求停战。本书出版于1942年，"这场战争"系指停战协定前的战争。

"你好,圣埃克苏佩里。你好,杜泰特。请坐吧。"

我们坐。少校把一张地图摊在桌上,转身对值勤士兵说:

"给我把气象报告找来。"

然后他用铅笔轻轻敲桌子。我观察他。他满脸倦容。他没有睡过。他坐车来回寻找一个幽灵参谋部——师参谋部、军分区参谋部……他企图跟一个不发零配件的军需库斗争。公路上陷进了不可开交的交通阻塞。也组织了最近一次迁移,最近一次驻扎,因为我们变换驻地,像一批穷光蛋,背后老有不徇情面的执达员紧追不舍。阿利亚斯每次也总能把飞机、卡车、十吨器材平安转移。但是我们猜他累得筋疲力尽,气性很大。

"嗯,事情是这样……"

他不停地轻轻敲桌子,眼睛不朝我们看。

"这不大好办……"

接着他耸肩。

"这是个不好办的任务。但是参谋部他们坚持要办。他们非要办不可……我表示了自己看法,他们还是要办……就是这么回事。"

杜泰特和我望着窗外静静的天空。我听到母鸡咕咕声,少校办公室设在一家农庄,就像情报室搬进了一所学校。我不会用夏天、成熟的果子、长肉的小鸡、茁壮的小麦去排斥眼前的死亡。也看不出夏天的宁静在哪方面可以否定死亡,事物的温情又在哪方面是一种讽刺。但有一个模糊的念头:"这是一个七零八落的夏天。一个出了故障的夏天……"我见过遗弃的打谷机。遗弃的割捆机。路沟内遗弃的坏车辆。遗弃的村子。逃亡一空的村里有口井漏水。人用了多少心力才得到的清水，而今淌成了水塘。突然眼前出现一个荒谬的印象。钟停了的形象。普天下的钟都停了。乡村教堂的钟。车站的钟。空屋内壁炉上的钟。这家店主逃走的钟表铺前，这满满一架钟的骷髅。战争……没有人再给钟上弦。没有人再收甜菜。没有人再修车厢。水是解渴的，是给村女洗礼拜天穿的美丽花衫的，而今在教堂前泛滥成一片沼泽。人竟然死在夏天……

我好似生了病。医生刚才跟我说："这不大好办……"就该想到公证人，想到留下的人。杜泰特和我两人实际也明白，这次是去执行一项敢死队任务：

"鉴于目前的形势，"少校最后说，"大家不能过分考虑风险……"

当然。大家"不能过分"。谁也没错。我们感到郁郁不乐——没错。少校感到为难——没错。参谋部下命令——也没错。少校面露不悦，是因为这些命令下得荒谬。这我们知道，参谋部本身也清楚。参谋部下命令，是因为它必须下命令。战争期间，参谋部的工作就是下命令。它把命令下给英俊的骑兵，在现时代下给摩托兵。哪里有混乱与绝望，哪里就有一个英俊的骑兵翻身跳下冒着热气的马背，他指示未来，像三博士的星光[①]。他带来真理。命令可以重建世界。

[①] 耶稣在犹太的伯利恒出生时，东方有三博士循着他的星光寻访他。事见《新约全书》马太福音第二章。

这，就是战争的图像。战争色彩的画片。各人都费尽心机要使战争进行得像战争。诚心诚意。各人都努力按照规则玩。这样去做，或许还有可能使得这场战争真的像一场战争。

为了使战争像战争，他们并没明确的目的就拿机组去牺牲。没有人承认：这场战争什么也不像，一切都无意义，哪个图像也对不上号，大家一本正经牵动的是一些已与木偶断了联系的线绳。参谋部信心十足地发出一些哪儿都到达不了的命令。他们要我们提供一些不可能搜集的情报。飞机没有能力担当向参谋部说清战争的任务。飞机通过空中观察，可以核实某些假设。但是，现在连假设也没有。事实上，他们在敦促五十个机组，给一场没有面目的战争描绘一副面目。他们找上我们，就像找上用纸牌算命的相士。我看看我的相士——观察员杜泰特。他昨天向师部的一位上校提出异议："离地十米，时速五百三十公里，我怎么给您确定敌人的阵地？""喔，哪里向您开炮，您总看得见吧！要是有人向您开炮，说明这阵地是敌人的阵地。"

"争过以后我真笑坏了，"杜泰特最后说。

因为法国士兵还没见过法国飞机。从敦刻尔克到阿尔萨斯，分布着一千架法国飞机。说得明白些，是融化在无限中了。因而在前线，有飞机呼啸而过，肯定是德国的。趁飞机没扔炸弹以前要努力把它打下来。飞机呼隆一响，应声而起的是急速的机枪和高射炮。

"靠这种方法，"杜泰特说，"可见他们的情报有多么时，三个机组可以回来一个。任务有点"不好办"时，显然回来更难了。但是，在这里，少校办公室内，死亡在我看来并不威严、壮观、英勇、摧人肝肠。死亡只是混乱的一个迹象，混乱的一个结果。大队要失去我们，就像人家在铁路上仓皇换车时失去几件行李。

这不是说我对战争、死亡、牺牲、法国不在想，我是缺乏主导的观念、明确的语言。我的思想充满矛盾。我的真理是一片片碎的，我也只能一片片碎的去看。要是还活着，我等到夜里再思考。可爱的夜。夜里理智睡觉了，只有事物还存在。真正重要的事物会恢复原形，经过白天分析的摧残依然幸存下来。人拼合了碎片，又成了风吹不动的树。

白天是用于闹家庭纠纷的，但是夜里，吵吵嚷嚷的人又找回了爱。因为爱比口角更伟大。人倚窗前，在星空下，又要为熟睡的孩子、日后的面包、妻子的安眠负责——她躺在那里，多么不耐风霜、娇弱、难以久留。爱，是不容讨论的。它存在。黑夜来吧，让我见见某些值得爱的明证！让我思索文明、人的命运、本国人的友情。让我愿为某种迫切、虽则可能还未显现的真理服务……

此刻，我完全像个六神无主的基督徒。我偕同杜泰特，老老实实扮演我的角色——这是肯定的——但是像在拯救已不具有内容的仪式。因为神已走了。我将等到黑夜，要是还活着，漫步走上那条横贯村庄的大路，如我喜爱的独来独往，弄明白为什么我应该去死。

第二章

我梦醒了。少校提出一条奇妙的建议，出乎我的意料：

"这任务您嫌太麻烦……您觉得身体状况不佳，我可以……"

"哪儿的话，我的少校！"

少校也知道，这一条建议是荒谬的。但是，机组不回来时，大家就会回想起出发时脸上的严肃神情。大家把这种严肃神情看成一种预兆。责备自己没把它当回事。

少校的顾虑使我想起了伊斯拉埃尔。前天，我在情报室窗前抽烟。我从窗口窥见他时，他正匆匆走路。他的鼻子通红。一只标准犹太人的红鼻子。伊斯拉埃尔的红鼻子突然令我一震。

这位正被我盯着鼻子看的伊斯拉埃尔，我对他情谊很深。他是队上最勇敢的飞行员之一。最勇敢的人之一，也是最谦虚的人之一。人家对他说犹太人谨慎小心，老说老说，使他把自己的勇敢也误以为是谨慎小心了。要做胜利者确实要谨慎小心。

是的，我注意到他的大红鼻子，红光只是闪了一闪，因为把伊斯拉埃尔和他的鼻子带走的脚步动得太快了。我转身对加瓦勒说，绝没一点开玩笑的意思：

"他怎么生了这么一个鼻子？"

"是他妈给他生的，"加瓦勒回答。

但是他又说：

"奇怪的低空任务。他要走了。"

"啊！"

这天晚上，我们再也不等待伊斯拉埃尔返航时，我自然而然想起了这个鼻子，耸立在一张没有表情的面孔中央，独个儿灵巧地表示出最沉重的心情。命令伊斯拉埃尔出发的要是我，这个鼻子的形象会在我的心头萦绕不去，像一声谴责。伊斯拉埃尔听到出发的命令，当然不会有其他回答，除了"是的，我的少校。好的，我的少校。明白，我的少校"。伊斯拉埃尔当然不会让脸上肌肉有一丝抖动。但是，慢慢地，隐隐地，偷偷地，鼻子亮了。伊斯拉埃尔可以控制脸部的表情，但是控制不了鼻子的颜色。鼻子在静默中没规没矩地代他打抱不平。鼻子瞒过伊斯拉埃尔，向少校表示强烈不满。

可能就是这个原因，少校不喜欢派他认为因预感而沮丧的人出去。预感几乎没有准的，但是确使军事命令带有一种判刑的意味。阿利亚斯是一位领导，不是一位法官。

那天，T军士就是这样。伊斯拉埃尔有多么勇敢，T也就有多么胆小。我认识的人中间，他是唯一真正感到害怕的人。他们向T下达一条军事命令，会在他心中引起一阵奇异的、自下而上的晕眩。这是一种简单的、压不住的、缓慢的东西。T的身子从脚到头慢慢发僵。脸上不沾任何表情，眼睛开始发光。

伊斯拉埃尔的鼻子依我看是大大发愣——对伊斯拉埃尔可能会死这事发愣——同时又愤愤不平。T与他相反，没有一点内心活动。他不作反应：他是在蜕变。他们把话跟T讲完，发现的只是把他心中的焦虑点着了。焦虑开始在他脸上映出一层均匀的亮光。T从那时开始，像是什么也奈何他不得了。大家觉得宇宙与他之间，有一片冷寂的沙漠在逐渐扩大。我在谁的身上也没见过这种形式的灵魂出窍。

"那天我不应该让他走的，"少校后来说。

那天，少校向他宣布上飞机的命令，后者不但脸色没有变白，反而笑笑。只是笑笑。刽子手实在太放肆的时候，受刑的人可能也是这样做的。

"您不舒服。我代您去……"

"不，我的少校。既然轮到我，我就该去。"

T立正在少校面前，直盯着他，没有一点动作。

"要是您感觉对自己没把握……"

"轮到我了，我的少校，轮到我了。"

"别那么说，T……"

"我的少校……"

那个人像一整块墩子。

阿利亚斯说：

"那时我就让他走了。"

后来的事得不到任何解释。T在机上是机枪手，遭到一架敌歼击机的袭击。但是，歼击机上机枪卡住了，只好往回飞。

是空洞的。我们应该从远景来看待生命。但是殡葬那天，既没有远景，也没有空间。死者还是四分五裂的片断。殡葬那天，我们忙于奔波，跟真朋友、假朋友握手，操心物质问题。只是到第二天，死者才在静默中死去。他将向我们显示出完整的形象，然后形象完整地从我们的实体中消失。这时，我们才为这个远走而又未能挽留的人号啕大哭。

我不喜欢把战争作漫画式处理。久经沙场的老兵不流一滴眼泪，感情压在心里，说几句尖刻的牢骚话。这是不真实的。老兵不会作假。他若说一句牢骚话，是因为他想到的就是一句牢骚话。

绝不是人的品质出了问题。阿利亚斯少校非常重感情。我们不回来，他可能比谁都难受。只要涉及的是我们，不是一大堆纷乱繁杂的琐事。只要让他静下心回忆往事。倘若今夜尾随我们不舍的执达员逼我们搬家，纷如雪片的问题中一辆卡车轮子出了故障，就会把我们的死期往后推。阿利亚斯也会忘了难受。

因而，我出发执行任务，想的不是西方与纳粹主义的斗争。想的是眼前琐事。想到七百米低空飞越阿拉斯这件事荒谬。想到要我们去弄到的情报一无用处。想到我慢吞吞穿上飞行服，像打扮好了去见刽子手。还想到我的手套。我去哪个鬼地方找我的手套？我把自己的手套丢了。

我再也见不着我居住的大教堂了。

我穿上衣服去侍奉一位死去的神。

第三章

"你快一点……我的手套在哪儿?……不……不是这一副……在我的包里找……"

"没找着,我的上尉。"

"你是个笨蛋!"

他们都是笨蛋。这个人,找不到我的手套。希特勒,他发动了这场白痴的战争。还有那个,参谋部的,死心眼儿地要人去低空侦察。

"我向你要支铅笔。我向你要支铅笔要了十分钟啦……你没铅笔?"

"有,我的上尉。"

聪明人在这里。

"在铅笔上系一根线。把这根线挂在这个钮孔上……您怎么啦,机枪手,您好像一点不着急……"

"这是因为我准备好了,我的上尉。"

"啊!好。"

那个观察员,我转身找到了他:

"行了吧,杜泰特?没缺什么?航向算好了吗?"

"算好了,我的上尉……"

好。航向他算好了。一个敢死队任务……请问:为了搜集谁也不需要、即使有人活着带回来也没人接的情报去牺牲一个机组,是不是头脑清楚……

"参谋部大概征募了会招魂的人……"

"怎么啦?"

"今天晚上,我们可以把他们要的情报放在一张转台上传达给他们。"

我对自己的牢骚并不太自豪,但是我还要嘟囔:

"参谋部,参谋部,让他们参谋部自己来执行吧,这些敢死队任务!"

因为,当任务不像有生还的希望,全身周密披挂是去活活烧死的时候,穿衣的仪式很磨蹭。穿上这些重重叠叠里外三层的飞行服,佩带零七八碎货郎担似的全套附件,理顺氧气管道、热空气管道、机内人员通话线路,也很费手脚。至于呼吸,我是在这个氧气面罩内进行的。一根橡皮管把我与飞机连在一起,像脐带一样生命攸关。飞机在我的血液温度中运转了。飞机在我与人的沟通中运转了。他们给我加了几个器官,有点像插在我与我的心之间。我一分钟比一分钟笨重、庞大、不利落。我全身要一起转动,倘若弯腰收紧皮带或者扳动不灵活的搭扣,所有的关节会叫。我的老伤使我疼痛难忍。

"给我换一顶面罩。跟你说过二十五遍啦,我不要自己那顶。太紧。"

因为上帝知道什么道理,脑袋到了高空要发胀。在地上戴着好好的帽子,在一万米空中像钳子一样夹住骨头。

"但是您的是那一顶，我的上尉。我已经给您换了……"

"啊！好。"

因为我就是要嘟囔，但是心里没怨气。我是有道理的！然而这一切都不重要。这个时刻，大家都处在我说过的内心的沙漠中心。沙漠中心只有断片残石。我甚至希望发生奇迹，改变这天下午的进程也不感到难为情。比如说，喉头送话器出故障。喉头送话器没有不出故障的！这是些次等货！喉头送话器出了故障，我们就可以不去执行敢死队任务了……

韦赞上尉向我们走来，脸色阴郁。我们哪个执行任务起飞前，韦赞上尉走过来总是脸色阴郁。韦赞上尉在我们这里负责与监视敌机机构的联络工作。他的任务是向我们报告敌机的行动。韦赞是我很喜欢的一位朋友，但他是个扫帚星。我看到他感到遗憾。

"老弟，"韦赞对我说，"这不好办，这不好办，这不好办啊！"

他从口袋里取出几份材料。然后疑虑重重地望着我：

"你从哪儿飞？"

"从阿尔贝。"

"是啊。是啊。这就不好办了。"

"别装疯卖傻的，到底有什么事？"

"你不能走！"

我不能走！……好极了，韦赞！就请天父上帝让我的喉头

"掩护好了。"

"掩护好了吗,机枪手?"

"掩护好了。"

"那么走喽。"

我起飞了。

第五章

焦虑来自失去真正的身份。在我等候一条消息，决定我幸福或是绝望时，我像被推入了虚空。只要事情没有着落，我的心悬着，我的感情、我的态度都只是临时的伪装。一秒一秒的时间可使树木成长，但不会培育出那个一小时后在我身上出现的真正人物。这位陌生的我，是从外面向我走来的，像一个幽灵。这时候我有一种焦虑的感情。坏消息引起的不是焦虑，而是苦恼：这是另一码事了。

现在，时间不再空流了。我终于坐上了我的位子。不再把自己抛向一个没有面目的未来。不再是那个在冲天火柱中或许会飘荡的人。未来不再像个奇异的鬼魂缠绕我。我的行动从今以后，一个接一个，组成我的未来。我是这么个人，他把航向控制在三百一十三度。他调整螺旋桨螺距、油热量。这是些迫在眉睫、有益身心的操劳。这是家庭中的操劳，白天的小家务，可使人不感到老。白天变成了明亮的房屋、光滑的地板、畅通的氧气。我确实也在调节氧气流量，因为我们爬升很快：七千七百米。

"氧气行吗，杜泰特？您感觉好吗？"

"行，我的上尉。"

"哎！机枪手，氧气行吗？"

"我……是的……行,我的上尉……"

"您的铅笔还没找到吗?"

我也变成这么个人:他按一下按钮 A、按钮 B,试验自己的各门机枪。还有……

"哎!机枪手,您后面射程内不是个大城市吧?"

"哦……不,我的上尉。"

"放吧,试试您的机枪。"

我听到他的几阵枪响。

"好使吧?"

"好使。"

"所有的都好使?"

"哦……是的……都好使。"

我也放枪。我问自己,在我方乡村上空,毫无顾忌地乱放一通,子弹会落到哪儿呢。子弹从来不会打死人。地球很大。

每分钟使我有每分钟的内容。我是某个东西,像果子一样会自然成熟,不用焦虑。当然,我周围的飞行条件会起变化。条件和问题。但是我参与了这个未来的创造。时间一点一点地在雕塑我。小孩毫不担忧长年累月会变成一个老头儿。他是孩子,玩孩子的游戏。我也在玩,我在数我王国中的表盘、手柄、按钮、操纵杆。我在数一百零三个要核对、要拉、要转或要推的物件。(我差点弄虚作假,把我机枪上一个操纵装置算作了两个:它带有一个安全销。)今天晚上,我要逗我的房东农庄主。我要跟他说:

"您知道吗，今天的一位飞行员要监视多少个仪表？"

"您要我怎么知道？"

"那没关系。您说个数目。"

"您要我说个什么数目呢？"

因为我的那位农庄主一点不会凑趣。

"说个随便什么数目吧！"

"七个。"

"一百零三！"

我满意了。

所有这些叫我碍手碍脚的仪表各就各位，有呼必应，我才会安心。这些盘肠团麻似的管道线路变成了循环系统。我是飞机延伸的一个机体。当我转动某个旋钮，我的衣服和氧气徐徐转暖，飞机使我身心舒爽。可是氧气热，冲我的鼻子。氧气自身由一个复杂的仪表控制，随着高度上升，流量就增大。是飞机哺养了我。飞机在起飞以前，在我看来没有人性，现在我得到它的喂养，对它油然产生一种孝心。一种吃奶孩子的孝心。

至于我的重量，分压在几个支撑点。我那里三层外三层的飞行服、笨重的背负降落伞都靠在座椅上。我的大鞋子放在脚蹬上。双手戴了又厚又硬的手套，在地上那么笨拙，操纵方向盘却很自在。操纵方向盘……操纵方向盘……

"杜泰特！"

"……尉？"

"先检查您的接触。我只是断断续续听到您说话。您听到我说话了吗?"

"……到……您……上……"

"把您那玩意儿摇摇!听到我说话了吗?"

杜泰特的声音又清晰了:

"我听得很清楚,我的上尉!"

"好。还有,今天操纵杆还是上冻;方向盘扳不动;脚蹬也完全卡住了!"

"不错嘛。高度多少?"

"九千七。"

"多冷?"

"零下四十八度。您,氧气行吗?"

"行,我的上尉。"

"机枪手,氧气行吗?"

没有回答。

"哎,机枪手。"

没有回答。

"杜泰特,您听到机枪手说话了吗?"

"听不到,我的上尉……"

"叫他一声!"

"机枪手,哎!机枪手!"

没有回答。

在俯冲以前,我猛力摇晃飞机,要是他睡了,可把他摇醒。

"我的上尉?"

"是您吗,机枪手?"

"我……噢……是的……"

"您弄不清自己是谁?"

"弄得清!"

"您刚才怎么没回答?"

"我在试验无线电。我把插头拔了!"

"您是个混蛋!关照一声!我差点俯冲了,我以为您死了呢!"

"我……没有。"

"我相信您说的。别再给我玩这样的恶作剧!插头拔掉以前关照一声,嘿!"

"对不起,我的上尉。明白,我的上尉。以后关照。"

因为,氧气出了故障,人的机体感觉不出来。反而隐隐感到舒坦,几秒钟内导致昏迷,几分钟内导致死亡。因而,随时检查氧气流量是必不可少的,就像飞行员必须检查机上人员情况。

我把面罩上的输氧管轻轻捏了又捏,体味鼻子上一阵阵热气,是它带来了生命。

总之,我在干自己的工作。感到的只是行动时的生理乐趣,这些行动都含有意义,这就够了。我没感到在冒巨大的风险(穿衣时我着实心神不定),也没感到在履行伟大的职责。西方与纳粹主义的斗争,这一回就我个人行动范围来说,只是拨弄手柄、操纵杆和开关。就是这么一回事。管圣器的人对上帝的爱,表现为点圣烛的爱。管圣器的人步履平稳,走在他看不见的教堂里;使烛台一支接一支开花,心满意足。烛台都点燃了,他搓搓手。他感到自豪。

我也出色地调整了螺旋桨螺距,保持航向正负误差一度以内。杜泰特一定赞佩,要是看一眼罗盘……

"杜泰特……我……罗盘航向……行吗?"

"不,我的上尉。漂移太大。您要向右斜。"

好吧!

"我的上尉,我们过了前线。我开始拍照。您的高度表上指示多少?"

"一万。"

第六章

"上尉……罗盘!"

不错。我向左斜了。这绝不是偶然的……是阿尔贝这个城市在推我。我猜它在我前面还很远。但是它的"事前设防"这几个字的全部重量已压到我的身上。在四肢的深处隐藏了什么样的记忆力！我的身体记起了我曾遭受过的重跌、头颅骨折、糖浆似的黏性昏迷和在医院度过夜晚的滋味。我的身体怕吃苦头。它企图避开阿尔贝。我不监视它，它就往左斜。它往左挣扎，像一匹老马，一次叫障碍吓着了，一生不忘提防。我说的是我的身体，不是我的精神……这是我走神的时候，身体阴险地乘机回避阿尔贝。

因为，我并不感到什么事令人难受。我不再盼望逃避任务。我刚才相信有过这样的盼望。我对自己说过："喉头送话器要出故障了。我很困。我要去睡了。"把这张偷懒的床想得美不可言。可是心底知道，逃避任务除了使我感到灼心的难堪，不会有其他的结果。仿佛一次必要的蜕变过程失败了。

这使我记起中学……我的少年时代……

"……上尉!"

"什么?"

"没什么……我以为看见……"

我可不喜欢他以为看见的东西。

是的……在少年时代，在中学，起床太早了。早晨六点起床。天冷。擦擦眼睛，还没到时间就为可悲的语法课发愁。于是梦想生病，醒来躺在病房里，戴翘角白帽子的修女把糖浆送到床前。大家对这么个天堂想入非非。那时，我若患了感冒，当然也故意咳得厉害一些。我在病房醒来，听到钟为别人在敲。我若瞒得过分，这口钟会严厉惩罚我：它使我变成一具行尸走肉。室外的钟敲出的是真正的钟点：这些钟点是在课堂的严肃中，课间休息的喧闹中，饭厅的温暖中度过的。钟给在外面的活人创造一种紧张丰富的生活，有苦难，有渴求，有欢欣，有悔恨。而我，无人理睬，无人提及，对乏味的糖浆、湿热的床、没有面目的钟点感到恶心。

逃避任务是得不到结果的。

第七章

当然有时，像今天，任务不能使人满意。我们在玩一种摹仿战争的游戏，这点太明显了。我们在玩警察与小偷。我们一字不错地遵照我们历史书中的伦理道德，我们教科书中的定律规则。昨夜就是，我开了车子在营地行驶。哨兵按照命令对这辆车举起刺刀，不管它是不是辆坦克！我们就是在玩举刺刀抵挡坦克的游戏。

在这类有点残酷的捉迷藏中，我们显而易见在扮演一个跑龙套的角色，而又要把这个角色扮演到死，这叫我们如何热血沸腾呢？死，太严肃了，哪能为捉迷藏去死？

谁穿衣时热血沸腾呢？没人。就是奥什台也不，他赛过一位圣人，时刻准备肝脑涂地，这无疑是人的完善境界，就是奥什台他也缄口不谈。同志们穿衣时谁都不说话，面有愠色，这不是不好意思做英雄。满脸愠色不是掩饰激情。它表示什么就是什么。我认得出来。这是一名当差的愠色，他一点也不明白外出的主人向他发布的指令。然而他还是忠心耿耿。这些同志向往安静的房间，但是在我们这里，还没有一个人会真正选择到房里去睡觉的。

因为，重要的不是热血沸腾。在失败中决不能指望热血沸腾。重要的是穿好衣服，登上飞机，起飞。至于本人怎么想，毫不重要。一个想到语法课热血沸腾的孩子，在我看来未免自负和可疑。重要的是确立目标，好自为之——目标不是一时能看到的。这种目标决不是为聪明而立的，是为智慧而立的。智慧懂得爱，但是它睡了。我像教会圣徒一样明白，诱惑是怎么一回事。受诱惑，也就是在智慧睡觉的时候对聪明提出的理由让步。

在这场山崩地裂中，我把自己的命舍进去有什么用？我不知道。他们向我重复了一百遍："叫人给您安排这里或那里。这才是您的位子。您在这里比在空军更能发挥作用。飞行员，可以成千成百地培训……"论证是不容置疑的。所有的论证都是不容置疑的。我的聪明表示同意，但是我的本能胜过聪明。

既然我提不出论点反驳，为什么又认为这种推理是虚幻的呢？我对自己说："知识分子留在后备役，像糖果罐放在宣传部的壁柜上，到了战争后再拿来吃……"这算不得是个回答吧！

就在今天，我像其他同志一样，起飞了，违反当时的所有推理、所有的明证、所有的反应。我终会认识到，我违反自己的理智是很理智的。我答应自己，要是活下来，夜里步行穿过自己的村子。那时，可能，我终于适应了。我看清了。

也可能，我对自己看到的东西没什么要说的。有个女人在我看来很美，我对她的美没什么要说的。我看到她微笑，就是这么回事。知识分子则把面孔拆散，分成一块一块解释，但是他们看不到她的微笑了。

认识，绝不是拆散，也不是解释。要诉之于视觉。但是，要看，首先要身历其境。这是艰苦的学徒生涯……

白天，我的村子在我是看不见的。在接受任务以前，村子只是几堵泥墙和一些灰头土脸儿的农民。现在只是离我脚下十公里的几堆砾石。

但是，今夜可能，有一条看家狗会醒，吠上几声。皓月当空，一条看家狗吠叫，我一直欣赏这种小村庄的梦幻迷境。

我没有一点希望使人理解我，但是我对此毫不在乎。只要在我面前是我的村子，沉入睡乡，井然有序，家家门户紧闭，门后是粮食、牲畜和古风习俗！

农民从田间回来，吃过晚饭，安排好孩子上床，吹灭灯，融化在村子的静默中。什么都不存在了，除了又硬又美的农村床被下缓慢的呼吸，像暴风雨后的海面余波。

上帝夜间结账时停止财富的流通。人在安息时，战无不胜的睡眠使他们手掌张开、手指松弛，直到天明，我对掌握的财产看得更清楚。

那时候，我可能要对那些没有名字的东西凝神沉思。我将像个盲人，靠掌心的引导向着火走去。盲人不会描述火，可是他找到了火。那样，那些需要保护的东西，那些看不见、然而不灭的东西，像村子上黑夜埋在灰堆里的火种，可能也会显现出来。

我逃避任务就没有什么可以期望了。就是了解一个普通的村庄，首先也需要……

"上尉！"

"什么?"

"六架歼击机,六架,左下方!"

这简直是一声霹雳。

需要……需要……可是我要及时得到报答。我要有爱的权利。我要认清我为谁在死……

第八章

"机枪手!"

"上尉?"

"您听见了吗?六架歼击机,六架,左下方!"

"听见了,上尉!"

"杜泰特,他们看见我们了吗?"

"看见我们了。向我们转过来。我们飞在他们上空五百米。"

"机枪手,听见了吗?我们飞在他们上空五百米。杜泰特!还远吗?"

"……几秒钟。"

"机枪手,听见了吗?几秒钟后他们就追上了。"

他们在那里,我看见了!小小的。一群有毒刺的胡蜂。

"机枪手!他们斜飞过来了。您一秒钟内就可看到。那里!"

"我……我什么也看不见。啊!我看见了!我又看不见了!"

"他们在追我们?"

"他们在追我们。"

"升得快吗?"

"我不知道……我想不会……不会!"

"您怎么决定,我的上尉?"

说话的是杜泰特。

"您要我怎么决定!"

大家都不说了。

没什么要决定的。这纯粹要看上帝了。我盘旋,会缩短我与他们之间的距离。由于我们正对着太阳直飞,由于高空中爬升五百米,会让猎物蹿出几公里,可能他们达到我们的高度、恢复速度以前,我们已经在阳光中找不见了。

"机枪手,还在追?"

"还在追。"

"咱们比他们快?"

"噢……不……是的!"

这要看上帝和太阳了。

料到可能有战斗(虽然一群歼击机与其说在战斗,不如说在谋杀),我竭力蹬开上冻的脚蹬,每条肌肉都在向它奋斗。我有一种奇异的感觉,但是眼睛还是甩不掉歼击机。我全身压在僵硬的操纵杆上。

再一次,我观察到,我在行动中远远没有穿衣时那么激动,虽然所谓行动也仅限于荒谬的等待罢了。我也有一种怒气。一种有益身心的怒气。

但不是那种牺牲的陶醉。我要咬。

"机枪手,甩开了吗?"

"甩开了,我的上尉。"

这下可好了。

"杜泰特……杜泰特……"

"我的上尉?"

"不……没什么。"

"刚才有什么啦,我的上尉?"

"没什么……我以为……没什么……"

我什么也不会向他们说的。这可不是该向他们开的一个玩笑。我若螺旋下坠,他们会看到。他们会看到我开始螺旋下坠。

零下五十度我还是汗流不止,这是不正常的,不正常的。喔!我明白发生了什么事情:我在慢慢地昏迷。非常慢地……

我看见仪表盘。我看不见仪表盘。我的双手在方向盘上发软。说话的力气也没有了。我瘫了。瘫了……

我捏橡皮管。一股生命的气流扑鼻而来。氧气管没出故障。这是……是的,肯定。我真笨。这是脚蹬。我在脚蹬上用足了装卸工、卡车司机的力气。在一万米高空,我却像个卖艺大力士那么火爆。氧气有限。我应该珍惜使用。大手大脚会毁了自己……

我呼吸急促。心跳得很快。像一只小铃。我不会向我的机组说什么的。我若开始螺旋下坠,他们立刻就知道!我看见仪表盘……我看不见仪表盘……满身汗水中我感觉悲哀……

生命又慢慢地回到我的体内。

"杜泰特！……"

"我的上尉？"

我想跟他说刚才发生的事。

"我……相信……这……"

但是我不想往下说。说话太费氧气，才说几个字已呼呼发喘。我是一个衰弱的、衰弱的康复病人……

"刚才怎么啦，我的上尉？"

"不……没什么。"

"我的上尉，您说话真吞吞吐吐！"

我吞吞吐吐。但是我活着。

"……没……追上……我们……"

"喔！我的上尉，这是暂时的！"

这是暂时的：还要去阿拉斯呢。

这样，有几分钟，我相信回不来了，可是心里没有感到这种灼心的焦虑，据说这种焦虑会熬白头发的。我想起了萨冈。想起了萨冈的亲身经历。两个月前，一番战斗后，他被打落在法国区，几天后我们去看望他。他被歼击机团团围住——可以说已钉在死刑架上——自忖十秒钟后必死无疑时，他萨冈感到的是什么？

第九章

我清清楚楚记起他躺在医院病床的情景。跳伞时,他的膝盖磕在飞机尾翼上,骨折了。但是萨冈没有感到震动。他的脸和双手严重烧伤,但是总的来说,他没受到令人担心的创伤。他向我们慢慢地叙述自己的事,声音平淡,像在报告一件苦差使。

"……我知道,他们看到我被照明弹照上了就会射击。我的仪表盘被炸了。接着我看到一股烟,喔!不多,像是前面来的。我想这是……你们知道那里有根连接管……喔!那个火烧得不旺……"

萨冈噘嘴。他在斟酌这个问题。对我们说明烧得旺还是不旺,他认为很重要。他犹豫:

"反正……着火了……那时我要他们跳伞……"

因为,火会在十秒钟后,使飞机变成一团火炬!

"那时我打开跳伞舱。我错了。空气引来了……火……我为难了。"

一个火车头锅炉,在七千米高空,对着你的肚子喷射烈焰,你仅是为难!我夸耀萨冈英勇或是腼腆,也不算是对他的出卖。他则不会承认这是英勇,这是腼腆。他会说:"是的!是的!我是为难了……"他显然竭力做到实话实说。

第十章

周围压力只有正常大气压力的三分之二，我们沉浸于其中已经两个钟点了。机组在慢慢消耗。我们很少说话。我还小心翼翼地试过一两次，在脚蹬上踩。我没有坚持。每次心里钻进同样的感觉，又累又舒服。

拍照需要盘旋，杜泰特事前很早关照我。我尽自己力量利用还可一用的方向盘对付着。把飞机又摁又拉。盘旋了几圈，给杜泰特取了二十个镜头。

"什么高度？"

"一万零二百米……"

我还在想萨冈……人总是人。我们是人。我在自己心中遇到的只是我自己。萨冈认识的只是萨冈。要死的人，也像一贯的那样死去。一名普通矿工死了，死去的是一名普通矿工。小说家为了引人入胜，编造的这种惊慌失措、精神错乱，又在哪儿呢？

我在西班牙看到，几天挖掘后，从一幢遭航空鱼雷摧毁的房屋的地下室，钻出一个人。人群一声不出——我还觉得——带着一种突如其来的胆怯，围着他，那个人几乎从地狱回来，身上还盖满泥灰，被窒息和饥饿折磨得半痴半呆的，活像一头濒临灭绝的怪兽。有人大着胆子向他提出问题，他专心地听着，浑身显得青绿，人群由胆怯变得毛骨悚然。

大家在他身上试用一些笨拙的钥匙，因为没有人知道怎样提出真正的问题。有人对他说："您那时感到什么……想什么……做什么。"他们就这样，在深渊前把吊桥胡乱往前抛。就像企图帮助一个又聋又哑的瞎子，他耳不聪目不明，你却随便用一种信号去接近他。

但是当那个人能够回答我们时，他回答说：

"啊！是的，我听到很长的爆裂声……"

还有呢……

"我担忧得很。时间很长……啊！时间真长……"

还有呢……

"我腰痛，很痛……"

这位老实人跟我们谈的不外是老实人的事。他尤其谈起他遗失的表……

"我找过……老挂在心上……但是在黑暗里……"

当然，生活教导他珍惜流逝的时间，爱护日常的物件。他以自己这样的人来感受自己的宇宙，即使这个宇宙在黑夜中崩裂了。

但是，"你那时是个什么样的人？你心中出现的是谁？"这才是基本问题，指导着一个人的一切尝试，然而没有人懂得向他提；就是提了，他的回答无非是："我自己……"

任何环境在我们心中唤醒的，决不会是一个我们素未谋面的陌生人。人生，是渐渐的诞生过程。借用现成的灵魂未免过于轻松了吧!

　　有时,顿悟好像使人的命运走上岔道。但是顿悟,只是智慧慢慢铺设的道路突然呈现在眼前而已。我慢慢学习语法。他们对我进行句法训练。我的感情被唤醒了。忽地,诗句在我心中油然而生。

　　当然,此刻我感觉不到一点爱。但是,如果今晚有什么向我显示,那是因为我曾经步履沉重地背了我的石块,添加在那座看不见的建筑物上。我在准备一个节日。我将没有权利说:我心中突然出现了一个非我的人,既然这个非我的人是我自己造成的。

　　我对这场战争历险不期望什么,除了这个缓慢的准备过程。如同语法课,以后会开花结果的……

　　这种慢性的磨蚀把我们心中的任何生命都损耗了。我们老了。任务老了。上高空要付什么代价?一万米高空生活一小时,不是相当于心、肺、血管等器官一星期、三星期、一个月的生活和活动吗?可是,我把此事置之脑后。好多次半昏迷已使我增老了几百岁,我像老人一样泰然自若。穿衣时的激动已显得无限遥远,恍若隔世。而阿拉斯也在无限遥远的未来。战争历险呢?哪儿有什么战争历险?

　　十分钟前,我差点儿连人都找不见了,我并没什么可说,除了看见一群小胡蜂飞过三秒钟。真正的历险只持续了十分之一秒。在我们队里,有人回来,有人回不来,从不议论这种事。

"蹬一下左脚，我的上尉。"

杜泰特竟忘了我的脚蹬冻住了！我想起童年时代令我入迷的一幅画。背景是北方的黎明，中央是一座离奇的沉船坟地，船在南方的海洋中凝住不动。类似长夜灰濛濛的光线中，船张开水晶状的手臂。它们在死的气氛中帆樯高耸，帆上保留了风的遗迹，像一张床保留了温柔的肩膀的窝形。但是令人感觉到船帆僵硬，还咯咯作响。

这里的一切无不上冻。我的操纵杆冻住了。我的机枪冻住了。我问机枪手：

"您的机枪呢？……"

"没事了。"

"啊！好。"

我吐在面罩氧气管中的是冰针。软橡皮管内结了冷霜，堵得我窒息，我不时要捏碎。捏的时候感到霜块在我的掌心吱吱出声。

"机枪手，氧气行吗？"

"行的……"

"瓶里压力多少？"

"噢……七十。"

"啊！好。"

时间对我们来说也上冻了。我们是三位长大白胡子的老头儿。无物是流动的，无物是紧迫的，无物是残酷的。

战争历险？阿利亚斯少校有一天认为有必要跟我说：

"尽量小心！"

小心什么，阿利亚斯少校？歼击机闪电似的从你头上扑过来。歼击机群凌越在你的上面一千五百米，发现你在底下，有的是时间。它们迂回飞行，定方向，定高度。你还完全蒙在鼓里。你是老鹰身影笼罩下的老鼠。老鼠想象中自己是活的。在麦田里钻。但是已经是老鹰视网膜中的囚犯，逃出捕鼠器易，逃出视网膜难，因为老鹰不再会放过它。

你呢，也是，你继续飞行、梦想、观察地面，而落入别人视网膜上的那颗难辨的黑点子已把你判处死刑。

一组九架歼击机可以随心所欲垂直一线挡住去路。他们有的是时间。他们射出那种神奇的箭叉，时速九百公里，百发百中。轰炸机队具备强大火力，有机会防御，但是侦察机在高空中孤立无援，绝对胜不了七十二支机枪，何况机组看到的只是一阵眼花缭乱的弹雨光束。

当你认识到会有战斗时，歼击机已像眼镜蛇，把毒液一口喷出，自己高高在上，让你伤也伤不着，够也够不到。眼镜蛇就是这样，摇摇摆摆，喷出火光，又摇摇摆摆。

因而，歼击机群隐遁而去时，什么也还没变。甚至面目也没变。现在天空空了，和平恢复了，面目变了起来。歼击机也已成了一个不偏不倚的旁观者，这时从观察员切断的颈动脉流出第一道血，从右发动机悠悠忽忽闪出第一团火。眼镜蛇身子已往回缩，毒液却向心脏钻，脸上肌肉开始痉挛。歼击机不杀人。它们散播死亡。它们过去后，死亡长芽了。

小心什么，阿利亚斯少校？我们遇上歼击机时，我已没有什么决定可做了。我也可能没认出来。它们要是在我上面，我根本认不出来的！

小心什么？天空是空的。

大地也是空的。

从十公里外观察，人就不见了。隔了这段距离，无法看清人的行动。我们的远焦距照相机在飞机上是当作显微镜使用的。显微镜下看到的不是人——人在这个仪器下显示不出来——而是人存在的踪迹：公路、运河、车辆、船队。人是载玻片培养基中的微生物。我是一位铁石心肠的学者，他们的战争对我只是一个实验室课题。

"他们放枪了吗，杜泰特？"

"我相信他们放了。"

杜泰特什么也不知道。子弹开花声离得太远了，烟与土的颜色混淆不清。他们别想乱放一通把我们打下来。我们在一万米高空，实际上谁也动不了一根毫毛。他们放枪是为了指出我们的位置，也可能指导其他飞机追我们。长空中一架歼击机像一粒看不见的灰尘。

地上的人看出我们，是因为飞机飞在高空，身后拖了一根珠白色的长带子，像新娘的纱裙。这颗流星划过天空，震动大气，使其中的水气结成冰晶。我们往身后放出一圈圈冰针的卷云。如果外界条件适宜云的形成，这条卷云变厚，到了晚上成为云层，横在原野上。

歼击机凭机上的无线电，枪弹开花，烟团，还有我们富丽堂皇的白纱裙，追赶我们。可是我们翱翔在几乎是空的九霄云外。

我们航行的时速——我知道——是五百三十公里……可是一切都是停滞不动的。体育场上表现出速度。这里一切浸在空中。因而，地球尽管每秒钟四十二公里，绕着太阳旋转却很慢。要耗上一年。我们也是，在地心作用中，给人追上也可能很慢。空战的密度呢？何异是大教堂中的几颗灰尘！灰尘，我们可能要招来几十颗或几百颗。这蓬灰，像从抖动的地毯上慢慢飘向太阳。

小心什么，阿利亚斯少校？我垂直往下看，只见到另一个时代的小摆件，罩在清澈不动的水晶底下。我朝博物馆的玻璃罩俯下身。但是玻璃罩处于逆光下，我们前面很远的地方，无疑是敦刻尔克和海。但是我辨不清侧面有些什么。现在太阳太低，我在一块巨大的反光板上飞。

"杜泰特，透过这块鬼东西您看到什么了吗？"

"往下能看到，我的上尉……"

"哎！机枪手，歼击机没消息吗？"

"没消息……"

实际上，有没有人跟踪我们，从地面看不看得到我们后面飘舞的一大把童贞女纱裙,我压根儿就是不知道。

"童贞女的纱裙"使我浮想联翩。心头骤然出现一个形象,我立即认为美妙动人:"……我们如大美人高不可攀,同时又紧追自己的命运,身后慢慢拖着冰雪的长裙……"

"左脚踩一下!"

这才是现实。但是我没忘记吟咏我的打油诗:

"……我一盘旋,满天的追求者跟着打转……"

左脚踩一下……左脚踩一下……踩!

大美人身子旋转不动啦。

"要是您唱歌……就翻眼睛……我的上尉。"

我真的唱歌了吗?

可是,我要有一点哼曲子的雅兴,也叫他杜泰特给赶跑了:

"我的照片差不多拍完了。您可以马上朝阿拉斯方向下降。"

我可以……我可以……我当然可以!大好机会不容放过。

嗨!气门杆也冻上了。

我对自己说:

"上星期,三次任务回来一次。战争的危险性真不小。可是,我们倘若属于那些回来的人,我们也不会有话说的。我有过冒险生活:邮政航线开创工作、撒哈拉抵抗区生活、南美洲飞行……但是战争不是一场真正的历险,它只是历险的一种代床犹如被人从母亲的双臂,从母亲的怀抱,从童年的爱、抚摸和保护中夺走。

对我的决定仔细斟酌、慎重思考和长久拖延后,我咬咬牙一跃而起,跑到炉边,堆上一堆乱柴,浇上汽油。接着,木柴一着火,我再一次横越自己的房间,钻入被窝,又感到浑身暖洋洋,把鸭绒被拉到左眼下,窥视着我的壁炉。起初火没着,接着蹿起短促的火苗,照亮了炉顶。接着火头在炉内稳定了,像一场节庆筹备完毕。接着响起噼啪声、呼隆声、歌声。如在乡村婚礼上,宾主开始酒酣耳热,你推我搡时那么高高兴兴。

我的火温厚慈祥,像一头活泼忠实、勤劳守职的牧羊犬守着我。我凝视它,心底感到喜悦。当天花板上黑影的舞蹈、金光中温暖的音乐、角落里火焰搭成的建筑,使喜庆进入高潮,当屋内充满烟和树脂的神奇气味,我跳起身,离开一位朋友去找另一位朋友,我从床奔向火,向那个更慷慨的人走去,不知是去烤热我的肚子还是温暖我的心。处于两种诱惑之间,我怯懦地屈从了更有力、更鲜艳夺目、更能以喧声和闪光夸耀自己的那种诱惑。

这样,我有三次——先点火,后躺下,最后回去收割我的火焰庄稼——我有三次牙齿咯咯响,横越室内荒凉寒冷的草原,体验到点点滴滴的极地探险。我穿过沙漠走向幸福的中途站,犒赏我的是这团大火,火在我面前为我跳起了牧羊犬的舞蹈。

表面上这个故事平淡无奇。然而这是一场大历险。要是那天我以旅游者身份参观这家农庄，这个房间决不能让我发现我如今一目了然的东西。它能让我看到的只是它的平凡空荡，全部陈设仅是一张床、一只水罐、一只坏壁炉。我会在里面打上几分钟哈欠。我怎么会分辨它的三个领域，它的三种文明——睡眠的文明、火的文明和沙漠的文明。我怎么会感到身体的历险？——首先是母亲怀中备受爱护的孩子的身体，然后是吃苦耐劳的士兵的身体，最后又是有了火的文明而满心喜悦的人的身体；火是部落的中心，火使主人增光，使同伴增光。他们若去拜访一位朋友，参加他的宴席，拉过椅子围着他的椅子坐，跟他谈论白天的问题、担心和劳累，一边谈，一边又搓手又在烟斗里加烟："火，不管怎样叫人高兴！"

但是，现在已没有火令我想起温情。没有冰冷的房间令我想起历险。我梦中醒来。有的只是一片绝对的空。有的只是极度的老。有的只是一个声音——那是杜泰特的声音，他还在痴心妄想要对我说：

"左脚踩一下，我的上尉……"

第十二章

我一丝不苟尽我的本职。还是不免做个吃败仗的机组。我沉浸在失败中。失败从各处往外渗，就是我手中也有失败的痕迹。

气门杆上冻了。我没有其他生路，只有开足全速。现在我的两截废铜烂铁向我制造错综复杂的问题。

我驾驶的这架飞机，螺旋桨螺距增大限度太低。要是我全速俯冲，没法指望时速不接近八百公里，发动机不超过负荷运行。发动机超负荷运行会带来烧毁的危险。

万不得已可以关车。但是这样飞机肯定发生故障。故障发生，任务失败，飞机也可能坠毁。一小时一百八十公里速度与地面接触的飞机，并不是在所有的场地都能着陆的。

主要是扳动气门杆。我一用力就把左边那根制服了。但右边那根还在抵抗。

我现在可能做到在容许的飞行速度内降落，倘若我减低我还能操纵的那个发动机——左边那个——的转速。但是要控制左发动机转速，必须补偿右发动机的侧面坠力，这种坠力显然会使飞机往左旋转。我必须防止这种旋转。可是，可进行这项操作的脚蹬也完全冻住了。我不可能进行任何补偿。我若限制左发动机，就会螺旋下坠。

没有别的途径，除了下降时冒一冒险，超过理论断裂转速。三千五百转：断裂危险。

这一切都是荒谬的。什么都不对劲。我们的世界就是一些互不啮合的齿轮装配而成的。该追查的不是机器，是钟表匠。但是钟表匠不在了。

战争已有九个月了。我们还是没能责成有关工业部门，制造机枪和操纵杆要适应高空气候。令我们碰壁的不是人的粗心大意。大多数人还是诚恳自觉的。他们的惰性几乎总是他们缺少效率的一个结果，而不是一个原因。

缺少效率像一种天命压在我们大家身上。压在用刺刀对付坦克的士兵身上。压在以一当十的机组身上。甚至压在那些担负机枪、操纵杆改进任务的人身上。

我们生活在一个行政机构的密不透风的肚子里。行政机构是一架机器。行政机构愈是完善，愈是排斥人的随意性。在一个完美无缺的行政机构内，人起一种齿轮作用，懒惰、狡猾、不公正都找不到泛滥的机会。

机器制成后，是为了控制一系列设计后一成不变的操作，同样，行政机构也没有一点创造性。它是管理。它对某种错误处以某种惩罚，对某个问题给予某个解决办法。行政机构不是为了解决新问题而建立的。若把木材送进冲床，出来的决不是家具。为了改进机器，就需要有人有权把机器拆散。但是行政机构的建立本来就是防范人的随意性的祸害，那些齿轮排斥人的干预。排斥钟表匠。

从十一月起，我属于第三十三联队第二大队。同志在我一到就关照过我：

"你去德国人上空溜达不用带机枪和操纵装置。"

接着安慰我说：

"你放心。不带你也不吃亏。你还没发现歼击机前，人家早就把你打下来啦。"

现在是五月；六个月了，机枪和操纵装置还是上冻。

我想起我国自古以来的一句老话："疑是走投无路时，必有奇迹救法国。"我明白这是为什么。有时这台漂亮的行政机器遭到一场灾难，坏得无法修复，万不得已用普通人来代替。是人挽救了一切。

一枚航空鱼雷把空军部捣成粉碎，他们紧急中召来一名下士，对他说：

"您的职责是不让操纵装置上冻。您拥有一切权利。看着办吧。不过两个星期后，如果操纵装置还是上冻，您就给我进班房。"

那样，操纵装置可能不会上冻。

我能举出一百个例子说明这个毛病。北方某省的征调委员会，比如说，征调了怀胎的母牛，屠宰场也就成了胎牛的坟场。机器的哪一个齿轮，征调委员会的哪一个上校都只有权利像齿轮那样行动。他们都受另一个齿轮的制约，像钟表一样。任何反抗都是无用的。这说明为什么这台机器一旦出毛病，会轻松愉快地把怀胎的母牛宰了。这可能还是不幸中之大幸。毛病出得更大，还会把上校也宰了呢。

到处乱七八糟的，使我骨髓也发冷。就是把其中一只发动机马上弄炸了也不会有用，只好对左气门杆又压一下。满腹怨气中我用力过度。接着我放弃了。这次使力让我的心又感到刺扎了一下。不用说，人的身体生来不是在万米高空中做体育活动的。这次刺扎是一种隐痛，类似器官在安眠中某部分知觉奇异地醒了。

发动机爱炸就炸吧。我不在乎。我竭力呼吸。觉得要是分心，就会呼吸不成。想起了从前用来吹火的风箱。我也在吹我的火。我就是要叫它"着起来"。

我损坏了什么不可修复的东西？万米高空中，用力稍猛会引起心脏肌肉撕裂。心，是非常脆弱的。它要用上许多年。干这么笨重的活儿把心弄坏了那才荒谬呢。就像把金刚钻当柴火用来煮一个苹果。

第十三章

就像把北方的村子烧光,变成焦土,也没能挡住德国人的挺进,哪怕半天也不能。可是,这些错错落落的村子,这些年深日久的教堂和房屋,屋里成堆的纪念物,漂亮的胡桃木油漆地板,柜中美丽衣衫,窗前花边窗帘,用到今天还是好好的。眼下我看见它们在从敦刻尔克到阿尔萨斯的一路上,熊熊燃烧。

从一万米高空看下来说"燃烧",这是夸大其辞。因为村子上空,像森林上空一样,看到的只是一团不动的烟,一种白色的奶液。火只是在暗中蠕动而已。在一万米高空,时间也像停滞了,因为看不到运动。看不到劈劈啪啪响的火焰,折裂的柱梁,翻滚的浓烟。看到的只是琥珀色中凝结的灰白奶汁。

这座森林有人治疗吗?这个村子有人治疗吗?从我这个地方观察,火像病似的慢慢销蚀。

在这件事上要说的话也很多。我听到过这样的话:"我们不要舍不得小村庄。"说这话是必要的。战争期间,一个村庄不是传统的一个纽带。在敌人手里只是个老鼠窝。一切都会改变意义。就像这几棵树,三百多年了,给你的老家遮风挡雨。但是也妨碍一位二十二岁中尉的枪炮瞄准。他派十五个士兵到你家砍掉这件时间的杰作。三百年的耐心和阳光,三百年的家庭圣物和花园庇荫的结晶,他花十分钟工夫就捣毁了。

"我的这些树!"

他不听你的。他在进行战争。他是对的。

现在为了玩战争的游戏,他们也焚烧村庄,也拆毁营地,也牺牲机组,也投入步兵去对付坦克。自有一种说不出的难堪。因为一切都无济于事。

敌人看到了这个事实,在利用这个事实。无边无际的土地上,人占很小的位子。需要一亿士兵才能联成一条绵延不断的墙。因而,部队与部队之间总有缺口。这些缺口原则上说,可由部队的流动性弥补,但是从装甲武器的观点看,机械化程度不高的敌军可以说是不动的。这些缺口就成了真正的漏洞。从而产生这条简单的战术规则:"装甲师的行动应该像水。在敌人的壁垒上轻轻施加压力,只在没有遇到阻力的地方往前猛冲。"坦克就是这样压在壁垒上。缺口总是存在的。坦克也总是能冲过去的。

这些坦克进行袭击后,遇不到坦克的阻挡,横冲直撞,带来不可挽回的后果,虽然它造成的损伤表面不深(如俘虏了地方参谋部,切断了电话线,火烧了村庄)。它们却起了化学剂的作用,摧毁的不是机体,而是神经和淋巴结。它们以闪电速度横扫过的土地上,任何军队即使表面几乎毫无损伤,也都不成为军队了。它变成了分散的凝块。原来是一个有机体,现在剩了一堆互不关联的器官。在这些凝块之间,不管士兵多么骁勇善战,敌人可以随心所欲推进。士兵成了乌合之众,部队作战就不会有效。

十五天造不出一种新材料。甚至……军备竞赛也是输的。我们是四千万种田的人，面对的则是八千万做工的人！

我们以一个人对付三个敌人。一架飞机对付十架或二十架敌机，从敦刻尔克以后，一辆坦克对付一百辆敌坦克。我们没有闲暇默想过去。我们从事的是现在。现在就是这个样。任何一种牺牲，不管在什么时候，不管在什么地方，都无法推迟德国人的挺进。

因而，在民政军事各部门，从上到下，从管子工到部长，从士兵到将军，无不有一种既不知也不敢明确表示的内疚，牺牲只是一种学样或者自杀时，就失去了任何崇高的意义。自我牺牲是美的：某些人为了别人活而自己死了。救火要拆除火场四周的建筑。等援兵要在兵营中战斗到死。这都是对的，但是，不论做什么，火还是向四处蔓延。可躲身的兵营不存在了。援兵也是盼望不到的。这时再说为那些人战斗，为那些人试图战斗，好比是在干脆叫他们去送死，因为飞机摧毁军队后方的城市，改变了战争的打法。

我后来听到一些外国人指责法国，没有把某几座桥梁炸掉，没有把某几个村庄烧毁，没有把某几个人处死。但是令我深感震惊的却是做了相反的事，绝对相反的事。这是一片诚意遮住了我们的耳目。这是我们不顾事实在作绝望的斗争。虽然一切无济于事，但为了按照规则游戏，我们还是把桥梁炸了。为了按照规则游戏，我们还是把真正的村庄烧了。为了按照规则游戏,我们的人在死去。

当然,也有忘了的!有的桥忘了炸,有的村庄忘了烧,有的人让活了下来。但是这场溃退的悲剧在于使一切行动失去了意义。不论谁炸桥,没一个不对这事厌恶的。这个士兵拦不住敌人,倒制造了一座桥的废墟。他损害自己的国家,是为了装模作样打个漂亮仗!

要使行动有热诚,就要使行动有意义。烧毁庄稼是要把敌人埋在灰堆里,是美事。但是敌人依仗一百六十个师,对我们的火和我们的死只会嗤之以鼻。

村庄烧毁的意义应该与村庄存在的意义是相等的。而今,村庄烧毁的作用只是装模作样的作用。

死的意义应该与死是相等的。这些士兵打得好还是不好?这个问题本身没有一点意思!大家知道从理论上,一座小镇可以防守三个小时!可是士兵接到坚守的命令。没法进行战斗,他们自己要求敌人摧毁村子,为了战争游戏规则得到遵守。犹如可爱的对手下棋时说:"你忘了把这只小卒子吃掉……"

他们向敌人挑战:

"我们是这个村子的守方。他们是攻方。来吧!"

问题听明白了。一个中队用脚跟一踩,把村子夷为平地。

"好棋!"

当然,死气沉沉的人也是有的,但是死气沉沉是绝望的一种粗糙形式。当然逃兵也是有的。阿利亚斯少校本人就有两三次拔出手枪，威吓那些满脸灰气的散兵游勇；他们在公路上撞见的，对他提的问题期期艾艾答不上来。谁都想把罪魁祸首逮住，干掉他扭转乾坤！逃兵要对溃逃负责，既然没有逃兵就没有溃逃。只要拔出手枪瞄准了，一切都会好的……但是这好比消灭疾病，不惜把病人埋掉。阿利亚斯到后来还是把手枪放回口袋，这支手枪在他本人眼里突然显得过于招摇，像喜歌剧中的指挥刀。阿利亚斯感到这些满脸灰气的士兵是灾难的结果，不是原因。

阿利亚斯知道，这些士兵跟今天还在接受死的士兵没有两样，没有丝毫两样。十五天来，十五万人接受了死。但是也有一些头脑顽固的人要求说明死的理由。

理由可是不好找。

赛跑员将要和他同一级别的赛跑员进行一生中最重大的比赛。但是他一开始发现腿上锁了一个囚犯的铁球。竞赛者像长了翅膀那么轻快。这种争斗不说明什么。他弃权……

"这次不算……"

"算的！算的！"

在一场已算不得是比赛的比赛中，能编些什么理由才可使人主动贡献一切？

阿利亚斯知道这些士兵在想什么。他们也在想："这次不算……"

阿利亚斯收回手枪，找一个合理的回答。

合理的回答只有一个。唯一的。我打赌谁也找不出第二个：

"你们死了也不会改变什么。失败是铁定了的。但是失败最好用死人来表示。这样会哀痛。辛苦你们，扮演这个角色吧。"

"好的，我的少校。"

阿利亚斯不轻视逃兵。他太清楚了，他合理的回答够说明问题了。他自己就接受死。他手下的机组都接受死。对我们来说也是，这个合理的回答虽有点躲躲闪闪，也够了：

"这很不好办……但是参谋部他们坚持要办。他们非要办不可……就是这么回事。"

"好的，我的少校。"

我也只是相信，死者是给生者做担保的。

第十四章

我老得很了,把一切都撇在后面了。我看窗上的反光镜。底下是人。显微镜载玻片上的纤毛虫。纤毛虫的家庭纠纷能叫人感兴趣吗?

要不是心头的疼痛像活了似的,我会像一个垂老的暴君胡思乱想。十分钟前,我杜撰了这个龙套的故事。虚假得令人作呕。我窥见歼击机时,想到的是低声哀叹吗?想到的是尖尾巴的胡蜂。是啊。这些脏点子,真是微乎其微。

我竟能毫不厌恶地胡编长纱裙。我不会想什么长纱裙,是因为我根本看不到自己的航迹!在座舱里,我像烟斗卡在烟斗盒里动弹不得,不可能看到背后的事。我通过机枪手的眼睛往后看。这不够的!还得喉头送话器不出故障!我的机枪手从没对我说过:"那里有几个求婚者跟在我们的长纱裙后面……"

现在有的只是怀疑主义和耍花招。我当然愿意相信,愿意斗争,愿意赢得胜利。但是烧毁自己的村庄没法叫人装出相信、斗争、赢得胜利的样子,很难使人热血沸腾。也很难存在。人只是关系中的一个纽带,现在我的联系已无多大价值了。

我心里什么东西出了故障?这些变换的秘密在哪里?我现

在看来抽象遥远的东西，怎么会在其他环境令我心绪不宁？一句话、一件事怎么会在人的命运中反复不已？我要是巴斯德①，纤毛虫的生态活动会叫我牵肠挂肚，以致载玻片在我眼中像原始森林那么辽阔，我俯望载玻片是在经历最高形式的历险，这又是怎么会的呢？

怎么会的，下边，这个小黑点，那幢住人的房子……

它引起了我的一个回忆。

当我还是孩子的时候……我远溯到我的童年了。童年——人人都是从中而来的这片广袤土地！我从哪里来的？我从我的童年来的。我生来就有我的童年，犹如我生来就有一个故乡。把话说回来，当我还是孩子的时候，有一天晚上经历了一件奇异的事。

我那时五岁或是六岁。晚上八点。八点是孩子该睡觉的时间。尤其冬天，因为天黑了。可是，大家把我忘了。

这幢乡村大宅第的底楼，有一个门厅，在我的印象中巨大无比，通往一间暖屋，那是我们孩子吃饭的房间。我一直害怕这间门厅，原因可能是那盏小灯，挂在房间中央，晦暗昏沉，不像在照明，像在打信号。可能是高高的护壁板，静默中咯咯出声，也可能是冷。因为，从明亮温暖的房间出来，到了里面像进了洞穴。

---

① 巴斯德（1822—1895），法国微生物家、化学家。

但是那天晚上，看到人家把我忘了，我向恶魔让了步，踮起脚尖抓到门柄，慢慢把门推开，走进门厅，非法勘探这个世界。

护壁板的响声在我看来像天怒的一种预示。我隐约看到暗影中那些高大抱敌意的木板。虽不敢再往前走，还是勉强爬上了一张蜗形腿桌子。我坐在上面，背靠着墙，腿悬在半空，心怦怦地跳，像大海的沉船者坐在他们的礁石上。

那时，一个客厅的门开了，两位叔叔——令我胆战心惊的两位——进来带上门，把闹声和灯光关在外面，开始在门厅里踱来踱去。

我怕被发现，抖个不停。其中一位叫于贝尔，对我更是威严的化身，神的执法者。这人不用对孩子指指戳戳，我每犯一次罪，他皱起狰狞可怕的眉毛反复对我说："下次我去美国，我要带回一台揍孩子的机器。美国什么都做得精巧。所以那里的孩子才乖呢。做父母的可省心了……"

我那时就是不喜欢美国。

他们在这间冰冷走不到头的门厅里来回逛，没有窥见我。我眼睛盯着他们，耳朵听着他们，屏住呼吸，头发昏。"如今这个时代，"他们说……他们带着大人的秘密走远了，我也重复说："如今这个时代……"接着他们回来了，像一阵潮水，带着不可知的财富又向我卷来。"荒唐，"其中一个对另一个说，"荒唐到家了……"我像拣珍宝似的把这句话也拣了起来。为了试验这句话对我五岁的心灵产生什么力量，我慢慢重复说："荒唐，荒唐到家了……"

潮水把叔叔冲走了。潮水把叔叔冲回来了。这种现象使我看到了人生一些还不明确的前途，它像星辰那样有规则地反复出现，如万有引力现象。我钉在墙桌上，千年万年下不来，当了一场密谈的偷听者，密谈中两位无所不知的叔叔同心协力创造世界。这幢房子还可能矗立一千年，两位叔叔也会一千年像钟摆慢悠悠地在门厅里晃，继续给它一种永恒的味道。

我正望着的那个黑点子，无疑是一幢住人的房屋，在飞机下十公里。我见了毫无感受。可是，也可能就是一幢乡村大宅第，也有两位叔叔在散步，在一个孩子的心灵中慢慢创造像无边大海那样神奇的东西。

我从我的一万米高空发现的这块天地，有一个省份那么大，可是一切收缩得令我窒息。我在这里占的空间，还不及我在这个黑点子里占的多。

我失去了对内在天地的感觉。我对内在天地是盲目的。然而我对它很渴望。我在这里仿佛遇到了任何人的任何愿望的一种共同尺度。

当一次机缘唤醒了爱，人心中的一切都围绕这爱作安排，爱使他意识到内在天地。我住在撒哈拉时，要是阿拉伯人半夜突然来到我们篝火旁，警告我们说远处有危险，沙漠就有了内容，有了意义。这些信使开拓了沙漠的内在天地。音乐也有内在天地，当它美的时候。旧衣柜的气味也复如此，当它唤醒和引起回忆的时候。动感情，就是感到了内在天地。

但是我也明白，人的一切不可以数计，不可以度量。真正的内在天地不能用眼睛观察，只能诉之于心灵。它与语言的价值完全相等，因为连结事物的毕竟是语言。

我觉得从那以后，更看出什么是文明。文明是包括了信仰、习俗、知识的一笔遗产；信仰、习俗、知识随着世纪缓慢累积而成，有时很难用逻辑解释；既然它们可以开拓人的内在天地，比如道路总是通往某地的，这本身就可说明它们存在的理由。

低劣的文学向我们宣扬逃避的需要。当然，踏上旅途也是去找寻内在天地。但是内在天地是无法到外界去找的。它是渐渐建成的。逃避从不会使人找到道路。

人需要东奔西走，齐声高唱，或者进行战争，才感到自己是人，这也可算使自己跟他人和世界相结合而强加于自身的联系。但是这种联系多么贫乏！一个文明若是强有力的，它使人充实，即使这人在那里一动不动。

在某个宁静的小城里，天灰濛濛地下着雨，我窥见一位闭门不出的残疾女人在窗前默想。她是谁？大家对她怎么样？我就是以这个人的分量来判断这个小城的文明。我们一动不动时有多大价值？

这位祈祷的多明我修士身上有一种分量。这人在匍匐不动时更体现人。巴斯德在显微镜上屏息敛气时，是个有分量的人。巴斯德在观察时更体现人。那时,他前进。那时,他急急忙忙。那时,他跨着巨人的步伐前进,虽然一动不动,他发现了内在天地。塞尚①也是如此,面对他的素描,一动不动,一声不出,是一个不可估量的人。只是在不说话、专注于感受和判断时,他更体现人。那时,他的画对他变得比大海还浩渺辽阔。

童年房屋造成的内在天地,我的奥贡特房间造成的内在天地,显微镜视野给巴斯德造成的内在天地,诗歌开拓的内在天地,这许许多多脆弱美妙的财富,只有一个文明才能让人分享,因为内在天地是为精神的,不是为眼睛的,没有语言便没有内在天地。

但是,怎样恢复我的语言的意义,当此一切混淆不清的时候?当此花园的树既是一个家庭世代乘载的船,又是炮兵目标的障碍的时候?当此轰炸机像压榨机重重压在城市上空,迫使居民像黑色液汁沿着公路流动的时候?当此法国像捅破的蚂蚁窝乱作一团的时候?当此战斗对象不是具体可见的敌人,而是要上冻的脚蹬、卡住的手柄、滑牙的螺栓……

"可以下降!"

我可以下降了。我会下降的。我将低空飞过阿拉斯。我身后有千年文明帮着我。但是这千年文明一点不帮我忙。显然,

---

① 塞尚(1839—1906),法国画家,后期印象派代表人物。

还不是要求报答的时候。

我以每小时八百公里、每分钟三千五百三十转的速度失去我的高度。

旋转时，我离开了红得过分的极地太阳。在我前方底下五六公里，窥见一堆正面平直的大片浮云。一部分法国埋在它的阴影里。阿拉斯在它的阴影里。我想象这块浮云下一切是发黑的。这只大汤碗中央正酝酿战争。公路堵塞、火灾、物资狼藉满地、村庄十室九空、混乱……到处混乱。他们在荒谬中、在乌云下纷纷扰扰，像石头底下的鼠妇。

这种下降像是破产的过程。我们将不得不在他们的泥泞中趑趄不前。我们回到破败野蛮的状态。在那底下，一切都在瓦解！我们像富有的游子，长期生活在珊瑚和棕榈的国家，一旦破了产，回到家乡重过清苦庸俗的生活：吝啬的家庭的油腥饭菜，剧烈的兄弟相争，法院执达员存心不良觊觎钱财，不现实的希望，身败名裂搬家，救济人员傲慢无礼，医院中贫病而死。在这里，至少死是干净的！在冰与火中死。在阳光、天空、冰与火中死。在那底下，是被泥土消化的！

第十五章

"航向南,上尉!我们的高度到了法国区内再调整吧!"

我已能看到黑色公路;望着这些公路,我懂得什么是和平。和平时期,一切都有条不紊收在里面。晚上,村民回到村里。庄稼收进粮仓。衣衫整整齐齐折好放进衣柜。和平时期,每件东西都知道往哪儿去找。每个朋友都知道到哪儿去相会。到晚上也知道上哪儿去睡。啊!生活的底布撕碎时,世界上没有人的立锥之地时,心爱的人不知往哪儿去找时,出海的丈夫再也不回来时,和平也死了。

事物有了自己的意义、有了自己的位置时,还有事物成为更大事物的一个组成部分时(就像土地中分散的矿物质,一起集中在树木中),事物就会展示一个面目,而和平就可以观察这个面目。

但是现在是战争。

我在公路上空飞,公路黑压压的,看不到头的液汁在不停地流。据说,他们在疏散人口。这话已不能这么说。人口自动在疏散。逃难有传染性,使人精神错乱。这些流浪者要往哪儿去?他们向南方移动,仿佛南方有吃有住,仿佛南方热情欢迎他们去。但是在南方,有的只是人满为患的村子,那里夜宿在仓库里，食物日益减少。那里最慷慨好客的人也渐渐没有好声气，因为大批人涌入太没有道理了，人潮像挟着泥沙的河流，慢慢地把他们也吞没了。单单一个省怎样供应得起全法国的吃和住！

他们往哪儿去？他们不知道！他们朝着幽灵中途站前进，因为这批难民抵达一块绿洲，这块绿洲已不成为绿洲了。每块绿洲先后跟着崩溃，它跟着加入难民群中。如果到达一座看光景还在好好生活着的真正村庄，第一晚难民就把村内食物一扫而光。他们吃空村庄，像虫子蛀空骨头一样。

敌人比难民跑得还快。

装甲车在某些地方速度超过这条人流，人流倒是会淤积和倒灌的。有些德国部队陷在这堆泥泞中步履艰难，人们会见到这种荒诞不经的奇事：这些人在别处杀人，到了某些地方竟供应喝水。

我们一路撤退时，驻扎过十来个紧挨的村庄。我们也曾浸在这堆缓慢的淤泥中，淤泥慢慢穿过村庄。

"你们去哪儿？"

"不知道。"

他们从来什么也不知道。没有人知道什么。他们在疏散。没有一个避难所可以安身。没有一条公路可以走通。他们还是疏散。有人在北方对蚂蚁窝狠狠踩了一脚，蚂蚁往四处奔跑。艰苦地。不慌张。不希望。不绝望。像在履行一项职责。

"谁命令你们疏散的？"

总是镇长、教师或镇长助理。一声口号在某个清晨三点钟,骤然震动了村庄:

"全体疏散。"

他们料到会有这声命令。十五天来,他们看着难民经过,他们不再相信自己的家会天长地久存在。可是人到底很久没过游牧生活了。他们给自己建造的村庄,可以矗立几个世纪。他们做家具精工细作,要传给子孙后代。老房子接他出生,又见他度过一世,然后像一艘结实的船,把儿子从此岸送到了彼岸。但是住不下去了!他们弃家而走,甚至不知道为什么!

第十六章

沉重啊，我们一路上的经历！我们的任务有时是在同一天早晨，对阿尔萨斯、比利时、荷兰、法国北部和大海看上一眼。但是我们大部分问题还是地上的问题，我们的视野常常是狭隘的，集中在一条十字路口的交通阻塞上！就是这样，才三天前，杜泰特和我看到了自己居住的村庄的崩溃。

我肯定永远摆脱不了这个记忆的萦绕。将近早晨六时，杜泰特和我一出门口，就闯入了不可言状的混乱。所有的车库、货栈、粮仓把五花八门的车辆——新汽车和旧大车（躺在灰堆里五十年不用的），运粮车和卡车，马车和板车——统统吐在狭窄的路上。找得仔细，可能在这个市场上会发现古代驿车！凡有车轮的箱子都出土了。屋里的宝藏都挖掘了。都包在撑裂的裹布里，七零八落装上小车往大车运。无法形容。

家庭的面目是这些物件构成的。它们是各人虔诚崇拜的对象。每件珍宝有自己的位子，在习惯中必不可少，在回忆中完美无缺，并以其建立的感情王国而有价值。但是大家错以为它们本身如何珍贵，从壁炉、桌子、墙头取了下来，乱放乱堆，成了旧货市场的破烂，显出一副败相。肃穆的圣物堆在一起，叫人翻胃恶心！

在我们面前，什么东西已经开始瓦解。

"你们这里的人疯了！发生什么啦？"

我们进去的那家咖啡馆女主人耸耸肩：

"疏散呗。"

"为什么疏散？见鬼！"

"不知道。镇长说的。"

她非常忙。旋风似的走回楼梯口。杜泰特和我默默望着路。在卡车、汽车、大车、出租马车里面，孩童、床垫、炊具混杂相处。

尤其可怜的是那些旧汽车。一匹马挺立在大车辕木之间，给人一种健康的感觉。马不需要零件。大车用三根钉子就可修复。但是这些机械时代的遗迹！这些活塞、阀门、磁电机、齿轮拼凑而成的玩意儿能用上几时？

"……上尉……能不能帮个忙？"

"当然。帮什么？"

"把我的汽车开出车库……"

我望着她发呆：

"您……您不会开车？"

"喔！……到了路上就会开了……就没那么难了……"

她，小姑，还有七个孩子……

到了路上！到了路上，她每天前进二十公里，每二百米停一停！在这混乱不可开交的道路阻塞中，每二百米她要刹闸、停车、熄火、挂挡、换挡。她把一切弄坏为止！汽油没了！润滑油！还有水也会忘的。

"小心水。您的散热器像竹篮子那样漏水。"

"是啊!车子不新了……"

"您要开上八天……您怎么能做到?"

"我不知道……"

开不了十公里,她就会撞上三辆车,弄得离合器卡住,轮胎爆炸。那时候,她、小姑和七个孩子开始掉眼泪吧。那时候,她、小姑和七个孩子面对力不能及的问题,一筹莫展,心灰意懒,坐在路边等待牧羊人。但是牧羊人……

牧羊人……奇怪,就是不见带头的牧羊人!杜泰特和我,亲眼见到过羊群的创举。这些羊群在器械的丁零当郎声中弃家外出。三千只活塞,六千个阀门。这些器械吱吱嘎嘎,东碰西撞。有的散热器中水都煮沸了。就是这样,这个毫无生路的队伍开始艰苦跋涉!这个没有零件、没有轮胎、没有汽油、没有机械师的队伍。疯狂!

"你们不能留在家里吗?"

"啊!是的,我们愿意留在家里!"

"那为什么要走?"

"他们跟我们说走……"

"谁跟你们说走?"

"镇长……"

又是镇长。

"当然。我们大家都愿意留在家里。"

确实如此。我们在这里感觉到的不是恐慌的气氛,而是盲目受苦的气氛。杜泰特和我趁机去开导几个人：

"你们不如把这些都卸下来。至少可以喝上自己家乡的水……"

"这样肯定好！……"

"你们可以自己决定啊！"

我们说服工作见效了。围了一群人。他们听我们说。他们点头同意。

"……上尉说得还真有道理！"

有几位信徒接替我们宣传。我劝化了一位养路工，他比我兴头更高：

"我早说嘛！到了路上还不是啃石头。"

他们讨论。他们一致同意。留下来。有几人走开去向别人宣传。但是垂头丧气回来了：

"不行。我们只好也走。"

"为什么？"

"面包师走了。谁来做面包？"

村子乱了套。不是这里便是那里出现破绽。一切会从同一个漏洞流走的。没了希望。

杜泰特有自己的看法：

"糟的是大家听了相信战争是不正常的。从前，他们都留在家里。战争与生活交织一起……"

女主人又出现了。她拽了一只包裹。

"三刻钟后我们起飞……您可以供应点咖啡吗？"

"啊！可怜的年轻人……"

她擦眼睛。喔！她不是哭我们。也不是哭自己。她已累得掉眼泪了。她已感到陷入庞杂的队伍脱身不得；这个队伍一公里比一公里乱得厉害。

远处，田野上空，不时有几架敌歼击机飞过，飞得很低，对这个可怜的羊群扫上一梭子机枪。但是最令人惊讶的是他们一般也不多放。几辆车着火了，但火势不大。死人也不多。有点多此一举，类似一声警告。或者像狗的行为，咬羊的腿弯催羊群快走。在这里散布了混乱。但是为什么采取这些局部、零星、压力不大的行动呢？敌人不用出大力气打乱这群队伍。事实也是，队伍不用敌人也会自乱。机器自动坏的。机器是为一个和平稳定、有充分时间支配的社会设计的。机器没有人维修、调节、上油，衰老只在朝夕。这些车辆今晚看来，已有千年高寿了。

我像在给机器送终。

那一个人鞭打自己的马，威严得像个国王。他高高坐在自己座位上，满脸春风。我猜他喝多了。

"您挺高兴，嗯！"

"世界末日到了！"

我对自己说这话，心底感到难受：这些劳动者，这些有一技之长、多才多艺、品质高尚的小人物，今晚只是些寄生虫、蠹虫。

他们扩散到乡野，把一切吃光。

"谁给你们吃？"

"不知道……"

几百万流民在公路上逶迤，不知所从，每天走上五到二十公里，用什么供应他们？即使有供应，也没法往前运！

人与铁的这个混合体叫我想起利比亚的沙漠。普雷沃和我住在一片不可住人的荒野，地上尽是黑石头，在阳光中发亮——这是铁板铺地的荒野。……

我望着这种情景，有一种绝望心理：一群蝗虫落在石头地上，活得长吗？

"你们等天下雨喝水？"

"不知道……"

他们的村子六天来不停地走过北方的难民。他们六天来目睹这股川流不息的人潮。轮到他们自己了。也挤进队伍占个位子。喔！却不抱信心：

"我宁可死在家里。"

"谁都宁可死在家里。"

这是确实的。整个村子还是像沙堆的城堡崩溃了，虽然没有人愿意离开。

法国就是有储粮，储粮的运输也会被公路阻塞完全挡住。尽管抛锚的车辆满坑满谷，挤在十字路口动弹不得，人还是可以勉强顺着人潮南下，但是往回怎么走呢？

"没有储粮，"杜泰特对我说，"这下好办了……"

谣传说，从昨天开始，政府禁止农村疏散。但是命令如何传播的，只有天知道，因为公路上已不可能有交通。至于电话线不是接不通，便是切断了，或者令人怀疑。问题不在于下达命令。在于重新创造一种道德。一千年以来都是对男人说，妇女和儿童应该置身于战争之外。战争是男人的事。镇长知道这条规则，他们的助理、他们的教师也知道。突然，他们接到命令禁止疏散，这就是强迫妇女儿童在轰炸时留在原地。需要一个月时间才能使他们的思想适应新时代。思维方法不可能一下子转过来。可是，敌人在推进。镇长、助理、教师把他们的老百姓都赶到大路上了。应该怎么办？真理在哪里？这些没有牧羊人的羊群四处走散。

"这里没医生吗？"

"您不是这个村的？"

"不是。我们从北方来。"

"找医生干吗？"

"我的妻子要在大车上生产了……"

在这些厨房炊具之间，到处是废铜烂铁的荒漠中，无异于坐在荆棘堆上。

"您事前没有估计到？"

"我们在路上已经走了四天。"

因为公路成了一条汹涌的河流。哪儿停靠？村庄在激流冲击下，也都一座座空了，仿佛轮到它们淹死在大水沟里。

"不，没医生。大队的医生在二十公里外哩。"

"啊！好。"

那人抹去脸上的水。一切都摇摇欲坠。他的妻子要在公路中央炊具堆里生孩子。一切的一切都说不上残酷。主要还是邪了门儿，不是人性所能理解的。没有人埋怨，埋怨也不再有意义。妻子快死了，他不埋怨。就是这么回事。当作一场噩梦吧。

"至少可以找个地方停一停……"

到某个地方找一座真正的村庄，一家真正的客店，一家真正的医院……但是医院也疏散了，道理只有上帝知道！这是一条游戏规则。大家没有时间创造新规则。到某个地方找一个真正的死！但是真正的死也是没有的。有的是散了架的身体，像汽车一样。

我到处感到一种疲沓的紧迫感，一种已不思紧迫行事的紧迫感。每天走上五公里去逃避日行一百多公里穿林越野的坦克，飞行时速六百公里的飞机。瓶子掀翻了，液汁就是这样流的。那人的妻子要临盆了，但是他有无法计算的时间。这是急事，也不是急事。悬在急事与永恒之间不稳定的平衡中。

一切都来得很慢，像临终的人的思想。这是一大群羊，疲惫不堪，在屠宰场前跺脚。放出去啃石头的有五六百万吧？这批人在永恒的门槛前跺脚，又倦又困。

我实在无法想象他们靠什么活下来，人不吃树皮草根。他们自己也隐约感到这点，但并不恐慌。离了自己的环境、自己的工作、自己的职责，他们就失去了任何意义。身份也磨灭了。几乎不再是自己。也几乎不存在。随后又无中生有地苦恼，但是主要苦恼的还是腰痛，因为搬运的包裹太多了，断裂的结扣太多了，使衣物滚了一地，要推了才走的汽车也太多了。

对失败一字不提。这个不说也明白。形成自己实体的事物，你不需要说三道四。他们本身"就是"失败。

我眼前突然出现一个刺目的图像：五脏六腑往外流的法国。赶快缝合。一秒钟也不能耽误：他们没治了……

这开始了。他们已经在那里窒息，像出了水面的鱼：

"这里没牛奶吗？……"

这问题真要笑死人！

"我的孩子昨天来什么也没喝……"

这是个六个月的婴儿，哭闹得厉害。但哭闹不会很久：出了水面的鱼……这里没有牛奶。只有废铜烂铁。只有一大堆无用的废铜烂铁，走一公里坏一点，掉了螺母，掉了螺钉，掉了面板，在一次出奇无用的撤离中，推动这群人走向虚无。

谣传说，飞机用机枪扫射靠南几公里的大路。甚至还说有炸弹。我们确实也听到沉闷的爆炸声。谣言肯定是确实的。

人群并不惊慌。我觉得反使他们有了生气。冒这种具体的风险比陷入废铜烂铁，好像更有益于他们的健康。

啊！以后的历史学家会写出什么样的大纲？会编出什么样

的主题，给这一锅粥找到一个意义！他们会援引一位部长的话、一位将军的决定、一个委员会的讨论，把幽灵作为装饰，杜撰几段认真负责、高瞻远瞩的历史性谈话。杜撰一些承诺、抵制、慷慨激昂的辩辞、卑劣的言行。而我，知道正在疏散的部是怎么一回事。一次偶然的机会使我访问了一个正在疏散的部。我立即懂得，一个政府一旦换了地点，就不是一个政府。如同一个人体。要是你也开始把它拆散——胃在那里，肝在这里，肠子又在另外地方——这样凑不成一个机体。我在空军部呆了二十分钟。看吧，一位部长对他的传达员施加影响！一种神奇的影响。是因为部长与他的传达员之间还有一根电铃线相通。一根安全无恙的电铃线。部长揿一下按钮，传达员来了。

这，已相当不错。

"给我备车，"部长提出。

他的权威到此为止。他要传达员去跑腿。但是传达员并不知道地球上是否还有一辆供部长的汽车。传达员没有一根线跟一个汽车司机相通。司机消失在宇宙的某个角落里。这些执政者对战争知道些什么？就是我们，从现在起，由于联络工作千难万难，要等上一星期才能执行任务，去轰炸一个我们侦察到的装甲师。一位执政者从一个内脏掏空的国家听得到什么样的搏动声？消息每天行进二十公里。电话不是串线，便是切断了，没有能力完整地传达此刻正在瓦解的主体。政府周围是空的，像南北极那样空空如也。时而传来呼吁声，紧急绝望，但是三言两语，说得不明不白。这些负责人怎么知道一千万法国人是否已经饿死？一千万人的这声呼吁包含在一句话内。一句话只能表示简单的意思：

"您四点钟到某某人家里去。"

或者：

"据说死了一千万人。"

或者：

"布卢瓦着火了。"

或者：

"您的司机找到了。"

话是这么说的。没头没脑的：一千万人。车辆。东方部队。西方文明。司机找着了。英国。面包。几点啦？

我给你七个字母。七个字母都是《圣经》上的。你给我用这些字母编出一部《圣经》来！

历史学家会忘记真实。他们杜撰一些思想博大的人物，通过几条神秘的神经与一个可以表达的宇宙相连，胸怀全局，看法有根有据，按照笛卡儿①的四则逻辑权衡重大的决定。他们会分辨善的力量与恶的力量。英雄与叛逆。但是容许我提一个简单的问题：

"做叛逆；就得负责某些事，管理某些事，推动某些事，认识某些事。这在今天也要有天才。为什么就不给叛逆发勋章？"

---

① 笛卡儿（1596—1650），法国哲学家、物理学家、数学家。

和平已经在四面八方显露端倪。这不是像历史上某些新阶段，紧随着战争结束缔结和约，白纸黑字写清楚的这类和平。这是一个说不出名堂的时期，标志一切的结束。一个永远不会结束的结束。这是一个泥淖，任何激情都会在其中徐徐消沉。结局不论是好是坏，都不像会来临。相反地，会逐渐陷进一种临时状态中烂去，而这种临时状态却又像永恒那样没完没了。什么都不会有结果，因为找不到纽带抓住这个国家，就像抓沉溺者要抓住他的头发。一切都已瓦解。费了九牛二虎之力，也仅抓回一绺头发。目前的和平不是人的决断产生的果实。而像麻风病似的就地扩散。

那里，在我的飞机下，这些公路上，难民队伍正在崩溃，德国装甲兵或者杀人，或者给水喝。宛若一片泽国中泥水不分。和平已渗进战争，把战争也泡烂了。

我的朋友莱翁·韦特在路上听到一桩意义重大的事件，后来写在一本意义重大的书中。公路左边是德国人，右边是法国人。两者中间是缓慢汹涌的人流。几百名妇女儿童尽他们可能从着火的车里脱身。有一名炮兵中尉身不由己卷在交通阻塞中，试图把一门七十五毫米大炮拉上炮位，敌人对这门炮任意射击，没有打中，却杀伤了公路上的人；这位中尉满脸汗水，非要完成他这项不可理解的任务，试图保全一个坚持不了二十分钟的阵地（他们在这里是十二人！），几位做母亲的向中尉走去：

"你们走开！你们走开！你们是些懦夫！"

中尉和他的士兵走开了。他们到处遇到这类和平问题。当然不能让儿童在路上遭到杀害。然而每个打枪的士兵都会打在一个儿童背上。每辆往前开或者试图往前开的卡车，都有可能撞死一群人。因为，逆流而行，不可避免地会堵死整条道路。

"你们疯啦！让我们过去！孩子快死啦！"

"我们是在打仗……"

"打什么仗？你们在哪儿打仗啦？往这个方向去，你们三天只能走上六公里！"

这些乘在卡车上迷失方向的士兵，他们正赶去集合——这种集合几小时来肯定已无目的可言。但是他们在自己的基本义务中钻不出来：

"我们是在打仗……"

"……还是来照管我们吧！这不人道！"

一个孩子高声号叫。

"那一个……"

那一个不再叫了。没有奶。没有叫声。

"我们是在打仗……"

他们反复背诵他们这句公式，蠢得没治。

"但是你们永远打不上仗！会跟我们一起死在这里！"

"我们是在打仗……"

他们已不大明白自己在说些什么。已不大明白自己是不是在打仗。他们还没见过敌人。乘了卡车追逐的目标比海市蜃楼还飘忽不定。他们遇到的只是这种污泥坑中的和平。

因为混乱粘住了一切,他们下了卡车。大家围住他们:

"你们有水吗?……"

他们把自己的水分了。

"有面包吗?……"

他们把自己的面包分了。

"你们由她去死吗?"

在这辆抛锚后推入沟中的汽车里,一位妇女喘着粗气。

大家把她从车里搬出来,抬进卡车里。

"那个孩子呢?"

他们又把孩子放进卡车。

"快生产的那个女人呢?"

又把那个女人抬进了卡车。

还有一个,她哭了。

经过一小时的努力,大家给卡车开了一条路。把它拨转身向南方开去。它被流亡的人群挟着,随着民众的人流流动。军人信奉了和平。因为他们遇不到战争。

因为战争的肌肉组织看不见。因为你打出去一拳,挨到的是儿童。因为去集合出战的路上,你给分娩的妇女挡住了。因为传达情报或接受命令,就像要跟天狼星讨论问题——甭想。没有军队,有的只是人。

他们信奉了和平。他们迫于形势做上了机械师、医生、牧羊人、担架队员。他们给这些对着废铜烂铁傻了眼的小百姓修理汽车。这些士兵仗义不惜力气,却不知道自己算是英雄还是该上军事法庭受审。他们得到勋章不奇怪。并排站在墙前脑袋吃上十二颗子弹也不奇怪。复员也不奇怪。什么都不叫他们奇怪。他们早对一切见怪不怪了。

这是一大池浑水,不管什么东西的命令、行动、消息、电波都没能在浑水中传出三公里。村庄一座接一座倒坍在水沟中,军用卡车一辆接一辆受到和平的吸引,信奉了和平。这一批批士兵接受死亡决无二话,但是没向他们提出死亡的问题,只好去接受遇到的义务,修理这辆旧车的车辕。有三位修女在车里塞了十二位受死亡威胁的孩子,进行上帝才知道的朝圣,送往上帝才知道的仙人洞窟。

* * *

犹如阿利亚斯把手枪放进了口袋,我也不评判那些失责士兵的行为。吹什么样的风能使他们振奋?哪儿来的波涛能使他们心动?他们一致的面目又在哪里?他们对世界其余部分一无所知,除了听到这些老是颠三倒四的谣言;谣言每隔三四公里便会滋生,起初是稀奇古怪的假设,浑水中慢慢传播三公里,成了千真万确的消息:"美国参战了。教皇已经自杀。俄国飞机炸得柏林满城起火。停战协定签订三天了。希特勒在英国登陆。"

妇女儿童没有牧羊人,男子照样没有牧羊人。将军指挥他的传令兵。部长指挥他的传达员。或许还可凭他的口才说得他面容变色。阿利亚斯指挥他的机组。他可以要求他们牺牲生命。军用卡车的中士指挥十二个士兵,他们一切听他的。但除此以外,他跟什么都沾不上边了。假定有一位天才领袖,神机妙算,深知天下大事,藏有救国韬略,这位领袖也只有一根二十米长的电铃线供他表达自己的意图。他可用于征服的全部兵力仅是一位传达员,如果在电铃线的那头还有一位候着的话。

这些游兵散勇在路上加入互不通气的人群,走到哪里算哪里的时候,这些人只是战争失业者,表示不出人们认为爱国败兵应有的那种失望。他们模模糊糊盼望和平,这是确实的。但是和平在他们眼里不表示别的,只是这种不可名状的混乱的结束,一种身份——即便是最普通的身份——的恢复。像老鞋匠缅怀从前敲钉子的时代。敲钉子对他也就是创造世界。

如果他们径自一直往前走,这是这场大动乱使人与人分裂的结果,不是他们对死的恐惧。他们什么也不恐惧:他们是空的。

第十七章

　　一条基本定律：失败者不会在原地变成胜利者。人们说一支军队，起初退却，后来抵抗，这只是一种省略的说法，因为退却的军队与现在在战斗的军队不是同一支军队。退却的军队不再是军队。不是说这些人没有资格争取胜利，而是因为退却中人与人合作协调的物质联系和精神联系都切断了。把这批向后方撤退的士兵换下来，补充上具有组织特征的生力军。挡住敌人的是这些人。溃退的人要重新集结，锤炼成军队。没有后备力量投入行动，一撤退便不可收拾。

　　只有胜利使人同心协力。失败不但使个人与众人分裂，并使个人内部分裂。溃退的人没有为崩溃的法国哭泣，因为他们是失败者。因为法国不是在他们周围失败，而是在他们心里失败。能为法国哭的已经是胜利者了。

　　几乎对所有的人——那些还在抵抗的人和那些不再抵抗的人——被征服的法国的面目要到以后静默的时刻才会显露。今天，为了一个正要出现或者正要消失的细节问题，为了一辆抛锚的卡车，为了一条阻塞的道路，为了一项荒谬的任务，人人弄得身心交瘁。崩溃的标志表现在任务的荒谬上。就是反对崩溃的行动本身也荒谬。因为一切都在自我分裂。人不会为普遍的灾难哭泣，但是会为自身负责的事物的垮台哭泣——到底这事是唯一能触及的。崩溃的法国只是一条碎片充塞的洪流，没有一个碎片是有面目的；这次任务没有，这辆卡车没有，这条路没有，这根混蛋气门杆也没有。

覆灭的景象确是惨不忍睹。小人显出是小人，强盗暴露是强盗。组织机构七零八落。部队受尽了气，使尽了力，在荒谬中四分五裂。凡此种种反应，一场失败都包含了，像一场鼠疫包含了淋巴结炎。但是你爱的那个人叫一辆卡车撞坏了，你会嫌她丑吗？

失败使人看来有罪的反是那些受害者，这就是失败的不公正。失败怎么让人看清牺牲、忍辱负重、严于律己，以及决定战斗命运的那位上帝没有体谅到的警惕心？怎么让人看清爱？失败让人看到的是无能的领袖、一盘散沙的人、无所作为的群众。有时确是真正的匮乏，但是这种匮乏说明什么呢？只要风闻俄国转变或美国参战的消息，人的面容就不一样。使他们在共同期望中团结一致。这样的谣言像阵海风，每次可把一切净化。不应该以打垮的反应来评论法国。

应该从同意作出牺牲这点来评论法国。法国领受逻辑学家的真理接受了战争。逻辑学家对我们说："德国人有八千万。我们没法一年内生产出差额的四千万法国人。我们没法把麦地变成煤矿。我们不能盼望美国援助。德国人要求但泽自由市，为什么我们救不成就得自杀去遮羞呢？我们的土地产麦子多于产机器，人口只及人家一半，这有什么可耻呢？为什么这份耻辱要压在我们身上,不是压在全世界身上?"他们说得有道理。战争对我们意味灾难。但是法国为了避免失败应该拒绝战争吗?我不认为如此。法国本能也这样认为,既然上述警告并没使法国回避战争。在我国是智慧压倒了聪明。

生活总是打破公式的框框。失败尽管有种种丑相,还是显出是走向新生的唯一途径。我知道,为了使树木破土而出,就要让种子在土里烂掉。第一个抵抗行动若来得太慢,总要失败的。但是它是抵抗的觉醒。觉醒如同种子,可能从中长出一棵树来。

法国扮演了自己的角色。这个角色就是自告奋勇让人压垮——既然世界既不合作也不战斗,只是仲裁——是由着人家把自己在沉默中埋葬一段时期。要冲锋就要有人打头阵。打头阵的人几乎都要死。但是,为了冲得起来,死几个打头阵的人也是应该的。

这个角色当时是压倒一切的角色,既然我们不抱幻想接受了用一个士兵对付三个士兵,用农民对付工人!人家以失败的丑相来评论我们,我不同意!有个人接受在飞行中烧伤,大家能以他焦头烂额来评论他吗?他虽然是会变丑的。

第十八章

然而，这场战争除了对我们有不可或缺的精神意义外，实际进行时在我们看来确像一场奇怪的战争。这个词从不叫我难为情。我们一宣布战争，因没有进攻能力，就开始等人家随时来把我们打垮。

这个实现了。

我们准备了麦捆去战胜坦克。麦捆一无用处。今天是垮到底了。没有军队，没有后备，没有联络，没有物资。

我还是以雷打不动的严肃态度继续飞行。一小时八百公里，一分钟三千五百三十转朝德国军队俯冲。为什么？咦！吓唬他们！要他们撤出国土！既然要我们搜集的情报没什么用，这项任务就不可能有其他目的。

奇怪的战争。

我说话也夸张了一点。飞机下降了许多。操纵杆与手柄也化冻了。我恢复了正常的平飞速度。现在朝德国军队冲过去的速度是每小时五百三十公里，每分钟二千二百转。可惜。我不能把他们吓得那么害怕了。

有人将责备我们把这场战争叫做奇怪的战争。

把这场战争叫做"奇怪的战争"的人，是我们！还是把它看作奇怪的好。我们有权利按照自己的心意开玩笑，因为一切牺牲都是我们自己承担的。我有权利对自己的死开玩笑，要是这玩笑开得我高兴。杜泰特也是。我有权利去体味这些反常现象。为什么这些村子还在燃烧？为什么这些人要四处逃亡，流落乡野？为什么我们怀着不可动摇的信念扑向一个自动屠宰场？

我有一切权利，因为在这一秒钟，我清楚自己在做什么。我接受死。我接受的不是风险。我接受的不是战斗。是死。我明白了一个伟大的真理。战争，并不是接受风险。也不是接受战斗。在某些时刻，战士接受的就是纯粹而干脆的死。

这些天，外国舆论认为我们牺牲不够的时刻，我望着机组起飞和毁灭，问自己："我们还能献出什么比这个代价更大呢？"

因为我们是在死。因为两星期来，法国死去十五万人。这些人死去可能并不表明是一场了不起的抵抗。我也不宣扬进行一场了不起的抵抗。这是不可能的。可是有几队士兵在一个无法防御的农庄遭到了屠杀。空军机组投入火中像蜡似的熔化了。

即使这样，我们第三十三联队第二大队为什么还接受死？为了让人尊重？但是尊重意味有一位裁判。我们中间哪个会把评判权力交给一个局外人。我们是以一个我们认为是共同事业的事业的名义在斗争。关系成败的不但是法国的自由，也是全世界的自由：我们认为裁判的位子太舒服了。应该由我们来评判裁判。我们第三十三联队第二大队的人评判裁判。我们这些人，二话不说登上飞机，任务好办的时候也只有三分之一有希望回来；还有其他大队的人；还有这位给流弹毁了面容的朋友，他这辈子别想打动女人，躲在丑的护墙后面严守德操，像躲在监狱后面的人，从此丧失了一个基本权利——对我们这些人别说什么观众在评判我们！斗牛士生来是给观众看的，我们不是斗牛士。如果有人向奥什台说明："你应该出发，因为旁观者望着你。"奥什台会回答："错了吧。是我奥什台望着旁观者……"

因为，说到头，为什么我们还在战斗？为了民主？倘若我们在为民主死，我们与民主国家是团结的。让民主国家与我们一起战斗吧！但是最强大的民主国家——那个唯一可能拯救我们的——昨天拒绝承担责任，今天还在拒绝承担责任。行。这是它的权利。但是它这样是在向我们表明，我们在为自身的利益战斗。我们明白一切都完了。那么我们为什么还要去死呢？

出于绝望？但是绝望不存在啊！你若以为失败中会发现绝望，这是你对失败一无所知。

有一种真理比聪明的陈述更高。有的东西通过我，控制我，这东西我能感觉，但还不能掌握。树没有语言。我不是为了抵抗入侵而死，因为没有一个避难所，可供我与我爱的人躲身。我不是为了一种荣誉的存亡而死，因为我拒绝裁判。我也不是出于绝望而死。不过，杜泰特在查地图，算出了阿拉斯就在底下，约一百七十五度航向，我感觉到不出三十秒钟，他会跟我说：

"航向一百七十五，我的上尉……"

我会接受的。

第十九章

"一百七十二。"

"明白。一百七十二。"

一百七十二就一百七十二。墓志铭说："他航向绝不偏离一百七十二度。"这个稀奇的挑战可以维持多久？我在七百五十米飞，顶上是云层。我若升高三十米，杜泰特就两眼漆黑。我们只有呆在明处，让德国炮兵当小学生的靶子打。七百米是禁止高度。飞机会成为整个平原的注意目标。引起整个炮队的射击。什么口径的大炮都打得中。在任何武器的射界中天长地久呆着。这已不是射击，是棍棒捅。仿佛在诱使一千根棍子来打一颗核桃。

我研究过这个问题：跳伞行不通。飞机中弹后往地面冲下来，单是打开跳伞舱门要三十多秒钟，已超过跌落的时间。打开舱门要把转动不灵的手柄转上七转。此外，全速时舱门要变形，移不动。

就是这样。这帖苦药，总有一天要吞下去！仪式并不复杂：航向保持一百七十二度。我错是错在人老了。是的。童年时代我多么幸福。我说这话，但真是这样吗？我在门厅里走已经保持航向一百七十二度了。由于那两位叔叔。

现在，童年变得甜蜜了。不但童年如此，从前的生活都如此。我看到它展现在面前,像一片田野……

我觉得我还是同一个人。我此刻感到的,以前也曾经体验过。我的欢乐或是我的悲哀,当然已经换了对象,但是感情还是依旧。我那时就是有时幸福,有时不幸。有时挨骂,有时得到原谅。有时工作好,有时工作差。这要看什么日子……

什么是我最远的回忆?我有一个奥地利蒂罗尔来的保姆,她的名字叫波拉。这算不得是个回忆:是个回忆的回忆。波拉在我五岁那个时代,已经只剩下一个传说了。有好几年,新年来临时,妈妈对我们说:"有封波拉来的信!"对我们孩子是桩大喜事。可是我们有什么高兴的呢?我们中间谁也记不起波拉。她早已回到她的蒂罗尔去了。也就是回到她的老家。一间埋在冰山雪谷里的小木屋。出太阳的日子,波拉出现在门前,住小木屋的人无不如此。

"波拉漂亮吗?"

"很讨人喜欢。"

"蒂罗尔好天气多吗?"

"长年是晴天。"

蒂罗尔长年是晴天。小木屋把波拉推出很远,在门外,在她白雪覆盖的青草地上。我会写字时,他们叫我给波拉写信。我对她说:"我亲爱的波拉,我给您写信很开心……"这有点像祈祷,既然我从来没见过她……

"一百七十四。"

"明白。一百七十四。"

一百七十四就一百七十四。墓志铭又要改写了。这真怪，生活仿佛一下子都集中在一起。回忆一个个涌上我心头。这些回忆再也帮不了事，也帮不了人。我回忆到一种深深的爱。妈妈常对我们说："波拉信中叫我代她拥抱你们大家……"妈妈代波拉拥抱我们大家。

"波拉知道我长大了吗？"

"当然。她知道。"

波拉什么都知道。

"我的上尉，他们打炮了。"

波拉，他们向我们打炮了！我朝高度表看了一眼：六百五十米。乌云在七百米。好吧。我也没办法。但是我的乌云底下，世界不像我预测的那样发黑，它发蓝。蓝得神了。这是黄昏时刻，平原是蓝的。有的地方在下雨。是下了雨才蓝的。……

"一百六十八。"

"明白。一百六十八。"

一百六十八就一百六十八。走向永恒的道路真够曲折的……但是，这条路显得多么平静！世界像一座果园。刚才在图上是干巴巴的。我看不到一点人情味。我飞低了，有种亲切感。地上长树有孤独一支的，有小簇丛生的。到处可见。还有绿色田野。红瓦顶房屋，门前有个人站着。四周在下蓝色的阵雨。波拉遇上这种天气，肯定很快把我们赶回屋里了……

"一百七十五。"

我的墓志铭大大失去原有的浑朴高贵："他航向不偏离一百七十二度、一百七十四度、一百六十八度、一百七十五度……"叫人看来我摇摆不定。咦！我的发动机咳嗽了。它冷下来了。我关上发动机罩。好。这是打开补充油箱的时候，我拉手柄。我什么也没忘吧？我看油压表。一切正常。

"事情开始不妙了，我的上尉……"

你听见吗，波拉？事情开始不妙了。可是我没法不对黄昏的这种蓝表示惊讶。真是蓝得出奇！这种颜色非常深邃。这些果树，可能是李树，列队而行。我进了这座田园。中间连块玻璃也不隔！我是个偷庄稼的，跳进了围墙。在温湿的苜蓿地上大步走，我去偷李子。波拉，这是场奇怪的战争。这是场忧郁和蓝极了的战争。我有点迷了路。我进入暮年时发现了这个奇异的国家……喔！不，我不怕。有点悲哀，如此而已。

"曲折飞行，上尉！"

这是一种新游戏，波拉！右脚踩一下，左脚踩一下，使炮火迷路。我跌下去，身上要鼓大包。你一定会用浸山金车的纱布敷我。你知道，可是……黄昏的蓝色真是神！

我看到那边前面三柄散射形叉子。三根垂直发光的长杆。小口径的发亮炮弹或曳光弹的弹迹。金光铓亮。我突然看见黄昏的蓝色中这盏三枝烛灯喷火光……

"上尉！左边炮火很密！斜飞！"

踩脚。

"啊！这下糟了……"

可能……

这下糟了，但是我在事物的内部。我自有我的全部回忆、我的全部宝藏、我的全部爱。还有我的童年，像树根似的深深埋在黑暗里。我在一个回忆的忧郁中开始了生命……这下糟了，可是面临这些流星向我伸出爪子，我以为会感到的东西还是没在我的心中产生。

我在一个令我深受感动的国家。这是白天的最后时刻。在暴雨之间偏左的地方有大片亮光，形成一块块方形的玻璃。我几乎可用手触及两步外一切美好的东西。这些结李子的李树。这块散发土地气息的土地。走着穿过这块潮湿的土地一定很有趣。你知道，波拉，我慢慢往前走，左右颠簸，像一辆装满粮食的车。你相信这个速度，一架飞机嘛……当然，你想吧！不过，若把飞机忘掉，东张西望，你不就是在田间散步吗……

"阿拉斯……"

是的。在前方很远。但是阿拉斯不是一座城市。阿拉斯只是一抹红光，背后是蓝色的夜。背后是暴风雨。没错，在左边，正前方，正酝酿着一场暴风雨。黄昏并不说明天色这般朦胧。一定是满天乌云，才使透过的火光这么暗淡……

阿拉斯的火往上长了。这不是火灾的火光。火灾像下疳一样四下扩散，周围是一圈好肉。但是这抹红光不乏源源不断的燃料，像冒轻烟的油灯灯光。不窘不急，凝练持久，好似在油锅中烧个不歇的一团火焰。我觉得这团火焰得以维持不灭，是烧着了纤维紧密、重量很足的肉。有时风一吹，它像大树摇曳。那是一棵树。阿拉斯就困在树的蟠根曲须中。阿拉斯的全部精华，阿拉斯的全部库存，阿拉斯的全部珍藏，都转化成了液汁，使这棵树滋润荣发。

我看到这团火焰有时不胜重负，失去平衡，向左向右倾斜，喷出更黑的烟，接着又恢复原状。但是城市我总看不清。全部战争都凝聚在这团火中。杜泰特说这下糟了。他从前面看得比我清楚，首先令我吃惊的还是他说话说得不够重。这片有毒的原野上星光寥落。

是的，不过……

你知道，波拉，在小时候的童话书中，骑士经历千辛万苦，走向一座神秘迷人的城堡。他攀登冰川，跨越深渊，揭穿阴谋诡计。终于远远出现了那座城堡，在一片平原中央，平原上绿草如茵，软绵绵的适宜马蹄驰骋。他相信自己已是个胜利者……啊！波拉，童话中的老套式没人违背！这时刻总是最困难……

我就是这样，在蓝色黄昏中朝着我的火城堡跑去，像从前一样……你离开太早了，不知道我们的游戏，你错过了"阿克林骑士"。这是我们发明的一种游戏，因为别人的游戏我们瞧不起。这是在雷雨天玩的，第一阵闪电过后，我们从花园的气息和树叶的突然颤动，感到乌云快要滴水了。粗实的树枝有一时也变成了嗞嗞响、轻飘飘的青苔。这是信号……再也没有东西拉得住我们！

我们从花园最偏僻的角落奔进草地，朝房屋跑得上气不接下气。最初几滴雷雨重而稀疏。第一个挨到雨点的认输。然后第二个、第三个。然后其他人。最后的幸存者表明受到神的保佑,刀枪不入!他有资格晋封为"阿克林骑士",直到下次雷雨为止。

每次玩时,只几秒钟时间,大批儿童遭到屠杀……

我此刻还是在玩阿克林骑士。朝着我的火城堡慢慢跑去,上气不接下气……

但是这时候:

"啊!上尉。我还从没见过这个……"

我也从没见过这个。我再不是刀枪不入的了。啊!我原来不知道自己还是在希望……

第二十章

不管七百米，我还是在希望。不管坦克屯留地，不管阿拉斯的火焰，我还是在希望。我绝望地希望着。我一直回忆到童年时代，让自己觉得有人威风凛凛保护着我。大人就没有人保护了。一旦做了大人，人家由你自生自灭……但是有一个万能的波拉紧紧握着一个孩子的手，谁还能对这个孩子怎么样呢？波拉，我借用你的影子作为我的盾牌……

我借用一切诡计。当杜泰特对我说："这下糟了……"我就是借用这声威胁本身在希望。我们是在战争：战争应该露出战争的面目。战争露面时，只不过是几道白光："这就是所谓阿拉斯上空死亡的风险？叫我好笑……"

死刑犯一直想象刽子手是个脸色青灰的机器人。然而眼前却是个一般的老实人，会打喷嚏，甚至微笑。死刑犯抓住这丝微笑像抓住救生稻草……这只是一根虚幻的稻草。刽子手虽则打喷嚏，还是会把头砍下来的。但是希望怎么能放弃呢？

我本人对某一种接待怎么会不误解呢？既然一切变得亲昵朴实，雨淋过的板瓦屋顶发出柔光，没有东西再一刻不停地变，而且也不像会再变了。既然杜泰特、机枪手和我只是三个在田间散步的人，慢慢往家里走，也不用翻上衣领——说实在的，雨也不怎么下了。既然在德国防线中心地带，没有暴露什么真正值得一谈的东西，也没有绝对理由叫人相信往前走战争会是另一个样。既然敌人好像非常分散，如在广阔农村中溶化了，可能一幢房里一个士兵，可能一棵树上一个士兵，其中一个偶尔想起战争才放上几枪。上面对他三令五申："你要朝着飞机开枪……"军令与遐想难分难解。他放出三颗子弹，没当一回事。以前我在晚上就是这样打野鸭子；只要一路上称心，我不在乎鸭子。我边聊边打上几枪，鸭子一点不受惊扰……

存心看的东西是可以看清楚的：这个士兵瞄准我，但是没有信心，打偏了。其他人放过去了。那几位有能力盘腿绊倒我的人，可能此刻愉快地呼吸夜晚空气，或者用火点烟，或者刚说完一则笑话——他们放过去了。其他驻扎在这村里的人，可能拿着饭盒去盛汤。"吭"的一声响了，又灭了。是友机还是敌机？他们没时间去认，他们盯着慢慢盛满的饭盒：他们放过去了。而我，手插在口袋里，嘴吹着口哨，尽量装得若无其事，试图通过这座游人止步的花园，然而花园的值班人员个个都想别人会管的——都放过去了……

我多么容易打下来！就是我的软弱对他们也是一口陷阱："你们忙什么？往前去他们自会把我打下来的……"那还用说！"你到别处找死去吧……！"他们把苦活推给别人干，自己不错过盛汤，不打断说笑话，或者继续呼吸夜晚空气。我就是这样利用他们的疏忽，我得救全靠这一分钟：战争使他们大家都累了，在同一时候，碰巧得很——又怎么会不累呢？我多少抱有这样打算：躲过一个个人，一个个小队，一座座村庄，跑完我的全程。说到头,我们只不过是一架晚上路过的飞机……谁也懒得抬头!

当然,我希望回得去。同时又知道有的事情会来的。你被判了极刑,但是囚禁你的牢房还是哑然无声。你寄希望于这声静默上。每秒钟都像前一秒钟。没有绝对理由认为即将消逝的这一秒钟会变换一个世界。这工作太重大,一秒钟内完不成。每一秒钟接连不断来救应静默。静默好像已经亘古不息的了……

但是,大家知道快要来的那个人,脚步声响了。

刚才,田野上有东西迸裂了。就像熄灭的木炭,突然劈啪一声,放出一簇火星。是什么样的奥秘使这片原野在同一时刻发作了?树木遇上春天,花儿千朵万朵的开,怎么枪炮突然也有了春天?这条发光的洪流为什么一开始就满山遍野向我们涌上来?

我首先怪自己粗心大意。一切都给我弄砸了。平衡非常脆弱时,一眨眼、一举手都可破坏!登山者一声咳嗽,会引起雪崩。现在雪崩引起了,一切不可挽回。

这片蓝色沼泽地已经沉入黑夜,我们走在里面步子太重了。我们搅动了这潭死水,现在死水冲着我们浮起千万个金色水泡。

一群杂耍演员刚才进了场。一群杂耍演员先后向我们抛出千万颗炮弹。炮弹没有角度变化,起初显得是不动的,但是像技巧娴熟的杂耍演员慢送而不急抛的圆球,徐徐朝上升。我看到几颗发亮的眼泪在油光光的静空中向我滚来。杂耍演员玩出手时周围也这样屏息敛气。

机枪大炮一阵快速的连响，放出成百颗发磷光的大弹小弹，连续不断，像成串的念珠。千百串有弹性的念珠朝着我们方向延伸，拉得要绷断了，到了我们的高度爆炸开花。

事实上，那些没有打中我们的炮弹，从侧面看，切线上升时快得令人昏眩。眼泪变成了闪电。这时，我发现自己埋在黄如麦秆的弹道堆里。置身在长矛密林中央。受到流星般的千针万扎的威胁。整个原野跟我有千丝万缕的联系，在我周围编织一个闪光的金线网罩。

啊！俯视地面时，我发现这些有高有低的发光水泡，像一片片雾悠悠往上飘。我发现这是一股挟着种子的慢旋风；脱落的麸皮就是这样飘的！但是我若平看，就成了一束束长矛！是射击吗？不！我受到的是冷武器的进攻！我见到的是刀光剑影！我觉得……这不是危险的问题！我陷在珠光宝气中，眼睛也睁不开了！

"啊！"

我从座位上蹦起二十公分。飞机像给山羊角拱了一下。飞机要裂开了，要粉身碎骨了……但是不……但是不……我感到飞机还是听从使唤。这仅是无数次顶拱中的第一次顶拱。可是我一点看不到爆炸。炮弹的硝烟肯定与深暗的土壤混同一色：我抬起头，望着。

这种情景看不到一线生机。

第二十一章

俯视地面时,我没有注意到云与我之间的空间在逐渐扩大。曳光弹放出麦子的光芒:我怎么会知道,曳光弹放到顶点,会射出一个个暗色物体,像打钉子一样?我发现这些物体堆积成令人晕眩的金字塔,如同一块浮冰向后面漂移,慢慢慢慢的。处在这样的位置,我觉得自己一动没动。

我知道这些金字塔刚筑成,就消耗尽了自己的能量。每团云絮只在百分之一秒的时间内握有生杀大权。但是它们趁我不知不觉把我围住了。它们的出现猛地压在我的后颈上,像一种可怕的谴责。

沉浊的爆炸声连续不断,被发动机的隆隆声盖没,更使我产生一种静得出奇的幻觉。我什么也感觉不到。等待的空虚在我内心扩大,仿佛人在踌躇不决的时候。

我想……我还是想:"他们放得太高了!"仰起头看到一群苍鹰依依向后面飘荡。这些鹰舍我而去了。但还是没什么可希望的。

没有把我们打中的武器又在瞄准了。又在我们的高度上建筑铜墙铁壁。每门炮在几秒钟内,用炸药筑起一座金字塔,这塔一消失,立刻转移地点另筑一座。炮弹不是在追我们,是在包围我们。

"杜泰特，还差得多吗？"

"……再坚持三分钟就可结束……但是……"

"可能闯得过……"

"不行！"

这团灰黑影子，这群纵放在外的黑猎犬，来意不善。原野是蓝的。无边无际的蓝。海底一般的蓝……

我可以盼望活上多久？十秒？二十秒？爆炸的震动不歇地摇晃我。近处的气浪打在飞机上，像岩石跌进了车厢。在此以后，飞机遍身发出一种几乎是悦耳的乐声。奇怪的叹息……但是有几下没有打中。听来却像几声霹雳。霹雳愈近，声音愈纯。有几声冲击纯得不能再纯，就是说弹片撞上我们机身了。兽群要杀一头牛，不是去撞翻它，而是用爪子笔直地插进肉里，也不撕拉。牛落在它们掌握之中。这样，机身就像肌体，上面留下累累伤痕。

"伤着了吗？"

"没有！"

"喂！机枪手，伤着了吗？"

"没有！"

这些值得大书特书的冲击不算什么。是在咚咚敲一个壳，擂一面鼓。虽不会打破我们的油箱，也可以剖开我们的肚子。但是肚子本身也只是一面鼓。身体，谁还管它？重要的不是身体……啊，这真出人意料啊！

对身体我有几句话要说。日常生活中，显而易见的事反而受到漠视。要暴露显而易见的事，必须遇上情况紧急。必须这一阵阵火雨直喷，必须这一镞镞箭矢猛袭，总之，必须搭成了这座最后审判台。这时，人才懂。

穿衣时，我问自己："最后时刻会是什么样的？"生活总是否定我自己招来的魔影。这一次，真可说是一丝不挂走在路上，听任愚蠢的拳头乱打乱挥，甚至没有曲一曲肘臂去保护面孔。

我确对我的皮肉做过一番试验。我想象试验是做在我的皮肉上。我采取的观点也必然是我肉体的观点。人对自己的肉体真是操心之至！多少次给它穿、洗、保养、刮胡子、喝水、吃饱。人把自己等同于这个家庭动物。人陪着它上理发店，看医生，动外科手术。人跟着它受苦。跟着它喊叫。跟着它爱。提到它时，总说这是我。而今一下子这个幻觉破灭了。人对身体并不关心！只把它归入奴仆一类的人物。只要脾气来了，爱情激动了，仇恨解不开了，这种所谓亲密关系宣告破裂。

你的儿子困在火里了？你就是要救他！没人拦得住你！你会烧着的！你悍然不顾。你这一身皮肉，谁要你就给谁当抵押。你发现你并不看重那么令你操心的东西。遇到障碍要用肩去顶，你舍得把肩压垮！你寓居于你的行动中。你的行动，才是你。你不在其他地方！你的肉体是属于你的，然而不再代替你了。你要冲吗？没人能以肉体受威胁这条理由制止得了你。你是什么？是要置敌人于死地。你是什么？是要救儿子出险。你转化了。你在转化中不感到失去什么。你的四肢呢？是工具。切切削削时，工具崩了，谁会在乎。你转化成为你敌人的死，你儿子的生，你病人的痊愈，你的发明创造——倘若你是科学家的话！大队的一位同志遭到重伤。嘉奖令说："那时他对他的观察员说：我完了。你走吧！抢救文件……"唯一重要的是抢救文件，或者抢救小孩，治愈病人，打死敌人，发明创造！你的意义照得人耀眼。这是你的责任、你的恨、你的爱、你的忠诚、你的发明创造。你身上找不出其他别的。

火不但把肉体，并把肉体的崇拜也撇到了一边。人再也不计较个人得失。唯一悬挂心头的是他的实质。倘若死了，他不是离去了，而是融合了。他不是失去自己，而是找到自己。这不是什么伦理学家的凤愿。这是常见的真理，每日的真理，只是给每日的幻觉密密层层遮住了。我穿飞行服，怕肉体吃苦而害怕，怎么能够想到我是为一些废话白操劳？要把这个肉体献出去时，大家——无一例外——才惊异地发现自己对肉体多么不在乎。当然，平时生活中，没有急事控制我，我的意义没有受到威胁时，我感到什么问题都不比我的肉体问题更重要。

我的肉体啊，我才看不起你呢。我已从你这里脱颖而出，我什么也不希望了，什么也不惦记了！我否认我在这秒钟以前的一切。那时想的不是我，那时害怕的不是我，是我的肉体。我总算拉拉扯扯把它领到了这里，在这里我发现它一点也不重要。

我的第一课是在十五岁时学到的。数天来，我的一个弟弟

病势危殆。有一天清晨四点,他的护士叫醒我:

"您的兄弟请您过去。"

"他不行啦?"

她没回答。我匆忙穿上衣,去找弟弟。

他对我说,声调跟平时一样:

"我要在死前跟你说几句话。我要死了。"

一阵痉挛使他全身抽搐,话也说不下去。发作时,他摇手表示"不"。我不懂这手势什么意思。我想弟弟不愿死。但是,一静止他就向我解释:

"你不要怕……我不难受。我不痛苦。我没法阻止自己这样做。这是我的身体。"

他的身体——这片异国土地,已分离了。

但是这个二十分钟后去世的弟弟要做得郑重其事。他迫切需要身后也能存在。对我说:"我要立一份遗嘱……"他脸红了,显然为自己做事像个成年人而自豪。如果他是大楼建筑师,会把大楼托付给我建造。如果他是个父亲,会把儿子托付给我抚养。如果他是军事飞机驾驶员,会把航程记录托付给我保管。但是他只是一个孩子。能托付的只是一台蒸汽机、一辆自行车和一把卡宾枪。

人不会死。人原来以为自己怕死,是因为人怕意外,怕爆炸,怕自己。死呢?不怕。遇到死的时候,死不存在了。弟弟对我说:"别忘了把这些都写下来……"当肉体瓦解时,本质显露了。人只是联系中的一个纽带。只有联系对人是重要的。

肉体，这匹老马，会遭人抛弃的。谁在死亡中还想到自己？那么一个人我还没见过呢……

"上尉？"

"什么？"

"不得了啦！"

"机枪手……"

"噢……是的……"

"什么……"

我的问题在震动中跳过了。

"杜泰特！"

"……尉？"

"挨着了吗？"

"不。"

"机枪手……"

"是啊？"

"挨……"

我像撞上了一堵铜墙。我听到：

"啊！啦！啦！……"

我抬头看空中，测量乌云的距离。显然，我愈往横里看，黑色云絮愈像层层叠叠堆积一起。往直里看，好像没那么稠密。所以我发现这只黑色叶饰大皇冠正扣在我们额上。

臀部的肌肉威力惊人。我往脚蹬上一压，仿佛去推倒一堵墙。我把飞机往斜里抛。飞机突然滑向左边，发出格格的震颤声。皇冠溜在右边。我把皇冠从头上摇落了。我骗过了炮弹，它打在其他地方。我看见一团团无用的弹烟聚集一起。但是我还没用另半边臀部做出相反的动作，皇冠已压在我头上。这是地上那些人摆正的。飞机吭吭几声，又滚到泥淖中。但是我全身再一次狠命压在脚蹬上。我把飞机往反方向盘旋，或者更确切地说，往反方向侧滑（正确盘旋，没门！），皇冠往左面摇落。

继续玩吗？这种游戏是玩不久的！我徒然两脚猛踩，炮火在前面潮水似的去了又来。皇冠又形成了。我肚子也感到震荡。若往下看，又看见慢得令人昏眩的水泡正朝我升上来。我们还完整无缺，真不可思议。可是我发现自己是刀枪不近身的。我感到自己像个胜利者！我在每一秒钟都是胜利者！

"挨着了吗？"

"没……"

他们没有挨着。他们是刀枪不近身的。他们是胜利者。我是一个胜利者机组的头儿……

从此，每声爆炸不像在威胁我们，而是在磨炼我们。每次，十分之一秒内，我想象我的飞机被炸得七零八落。但是，它始终听我使唤，我把它往上提，像勒马一样，紧紧拉住缰绳。那时，我心放松，并感到暗喜。我没有时间感到害怕，在我只是一声巨响引起我肌肉收缩，响声未了已经发出如释重负的唏嘘。我大约先是感到吃惊，接着是害怕，接着又是轻松。但不是那么回事！没有时间！我先是吃惊，接着是轻松。吃惊、轻松。少了害怕这一环节。我不是生活在等待下一秒钟的死亡中，我是生活在度过上一秒钟的重生中。我生活在一团喜气里。我生活在满路欢悦中。我开始感到一种意外的、妙不可言的乐趣。仿佛每一秒钟我的生命都会重生。仿佛每一秒钟我的生命会更敏感。我活着。我是活的。我还是活的。我永远是活的。我不是别的，我是生命的源泉。生命叫我陶醉了。有人说："战斗的陶醉……"这是生命的陶醉！嗨！下面向我们开炮的人，知不知道他们是在锤炼我们？

滑油箱、汽油箱都破了。杜泰特说："完了！往上飞吧！"又一次，我目测我与乌云的距离，我爬升了。又一次，我把飞机往左侧、然后往右侧。又一次，我向地面看一眼。那种景色我今后忘不了。漫山遍野短短的火舌噼噼啪啪。肯定是快速炮。巨大的蓝水池里不断浮起一串串水泡。阿拉斯的火焰发出深红色的光，像铁砧上的一块烙铁。阿拉斯的这团火焰靠着地下矿藏凝聚不动地烧着，人的汗水、人的发明、人的艺术、人的回忆和遗产，都集结在这束黑头发中，上升化为烟灰，随风飘去了。

我已经碰到最前面的几团烟雾。我们四周还有飞腾的金箭，从下面戳破乌云的肚子。云已经把我围住，最后一个景象就是通过最后一个洞看到的。有一秒钟，阿拉斯的火焰在我看来像是空旷深邃的殿堂中的一盏长明灯。用于祭祀，但是代价昂贵。到明天会把一切耗尽烧光。我把阿拉斯的火焰当作证据带走了。

"行了,杜泰特?"

"行了,我的上尉。二百四十。二十分钟后钻到云下。到了塞纳河上空再定方位……"

"行了,机枪手?"

"噢……是的……我的上尉……行了。"

"没吓坏吧?"

"噢……不……是的。"

他说不清楚。他兴致很好。我想起加瓦勒的机枪手。一天夜里,在莱茵河上空,八十台探照灯把加瓦勒罩在罗网中。在他周围建起一座巨大的长方形教堂。这时炮弹纵横交叉。加瓦勒听到他的机枪手低声自言自语。(喉头送话器会泄露心事。)机枪手对自己在说知心话:"好哇!我的老弟……好哇!我的老弟……做老百姓到哪儿去找这号事!"他兴致很好,这位机枪手。

我慢慢呼吸。胸脯吸得鼓鼓的。呼吸真是桩美事。有不少事我要明白了……但是我首先想到阿利亚斯。不。首先想到我的农庄主。我要问他仪表的数目……哎!有什么法儿呢?我有了主意就是不肯放。一百零三。还有……油量表、油压表……油箱坏时,最好监视这些仪表!我监视它们。橡皮罩没事。这可是个了不起的改进啊!我还监视陀螺仪:这堆云可没法住人。带雷电的云。它狠狠摇我们。

"您认为可以下了吗?"

"十分钟……最好再等十分钟……"

我就再等十分钟吧。啊!是的,我刚才想的是阿利亚斯。他真打算再见我们吗?有一天我们迟了半个小时。半个小时,一般说来,是严重的……我跑去归队,他们正在吃饭。我推开门,跌倒在阿利亚斯旁边我的椅子上。恰在这个时刻,少校叉起一捆面条,往嘴里塞。可是他吓了一跳,唰的停住了,目瞪口呆地对着我。面条挂着,一动不动。

"啊!……好……见到你真高兴!"

他把面条放进嘴里。

按我的看法,少校有个严重缺点。他死乞白赖地要问飞行员搜集的情报。他对我也要问的。怀着可怕的耐心望着我,等待我向他口述第一手真实材料。他配备一张纸、一支钢笔,不让这份起死回生的仙露散落一点一滴。这使我想起我的青年时代:"考生圣埃克苏佩里,您怎样求解伯努里①方程式?"

"啾……"

伯努里……伯努里……我呆在那里,一动不动,在这样的目光盯视下,像一个昆虫身上穿了一根别针。

任务中搜集情报,这是杜泰特的事。杜泰特,他是从上往下直看的。看到许多东西。卡车、驳船、坦克、士兵、大炮、马、车站、停在站上的火车、车站长。我么,完全是斜看的。看到的是云、海、河流、高山、太阳。我看得非常粗略。我得到一个总的印象。

---

① 伯努里(1700—1782),瑞士物理学家。

"您知道,我的少校,飞行员……"

"别那么说,别那么说,东西总是看到一些吧。"

"我……啊!火灾!我看到了火灾。这,有意思……"

"不说这个。一切都烧了。别的呢?"

阿利亚斯的心为什么这么狠?

第二十二章

这次,他会问我吗?

我执行任务中带回来的东西,没法写在记事本上。我将如一名中学生"挂黑板"下不来了。我将显得很不幸,其实我不会不幸。不幸从此过去了……第一阵炮火发亮时,不幸已飞走了。若早一秒钟往回飞,我对自己还会一无所知。

我不会知道我心中产生的美好感情。我现在朝家里人走去。我是回家的心情。像一名主妇,跑完菜场,准备回家去了,默想做什么菜让家里人吃得高兴。拎了菜篮子左右晃动。不时翻开盖篮子的报纸:要买的都买了。一样也没忘。露一手叫他们吃惊,她笑了,多遛了一会。她向货架看一眼。

我也很乐意向货架看一眼,倘若杜泰特不逼我住进这座发白的监狱。我会望着田野移动。说真的还是留心一点吧,这里的风景是有毒的。一切都在搞鬼。就说这些外省的小城堡,里面有一块有点好笑的草地,十二棵经过修理的树木,在天真的少女看来像是个朴实无华的首饰盒,实际是战争的陷阱。飞得低,招来的不是友好的表示,而是炮弹的爆炸。

不管乌云的肚子,我还是从菜场回来了。少校的话有点道理:"你们到右边第一条路拐角,给我买几包火柴……"我心安了。火柴在我口袋里。或者说得更确切,在我的同事杜泰特的口袋里。看到的一切他怎么去回忆？这是他的事啰。我要想正经事。着陆以后，我们若不必为重新搬家乱忙，我要向拉科代尔挑战，下棋赢他。他恨输棋。我也不爱。但是我会赢的。

拉科代尔昨天喝醉了。至少……有点儿：我不愿意阴损他。他是借酒消愁而醉的。他回来，忘了放起落架，着陆时机腹擦地。唉，阿利亚斯也在现场，神情忧郁地望着飞机，但是没有开口。老飞行员拉科代尔就像还在我眼前。他等待阿利亚斯责备。他盼望阿利亚斯责备。严厉的责备使他心里好受些。这顿脾气一发，可引起他发一顿脾气。反唇相讥时，也可解解恨。但是阿利亚斯只是摇头。阿利亚斯在想飞机；他才不想拉科代尔。这事故对少校只是一场无名的不幸，类似税务统计。只不过是最老资格的飞行员一时愚蠢和分心。现在不公正地犯在拉科代尔身上。除了今天这个差错外，拉科代尔在技术上无懈可击。所以阿利亚斯——他只对受害者感兴趣——自然而然地向拉科代尔本人询问他对损坏的意见。我感到拉科代尔闷在肚里的怒火又升了一级。你彬彬有礼地把手放在施刑者肩上，对他说："这个可怜的受刑人……嗯……他一定很难受……"人心活动变幻莫测。这只温柔的手想叫施刑者发善心，却使他暴跳如雷。他向受刑人恶毒地瞪一眼。只恨没有把他结果了事。

事情就是这样。我回自己的家去。第三十三联队第二大队是我的家。我理解家里的人。我不会看错拉科代尔，拉科代尔也不会看错我。我感情上毫不含糊地觉得大家和衷共济："我们这些第三十三联队第二大队的人！"哎！这里七零八落的材料组合在一起了……

我想到加瓦勒和奥什台。我感到我与加瓦勒和奥什台和衷共济。我问自己：加瓦勒他从哪儿来的？他显出一种淳朴的农民本质。不由唤起我一个温馨的回忆，使我的心一下子充满芬芳。我们驻扎奥贡达时，加瓦勒和我一样住在一家农庄。

一天他对我说：

"女房东宰了一头猪。请咱们去吃烤肉肠。"

我们三个人：伊斯拉埃尔、加瓦勒和我，大嚼又黑又脆的美味肉肠。农妇给我们倒白葡萄酒。加瓦勒对我说："我买了这个送她，让她高兴高兴。应该签个名。"这是我写的一本书。我一点不感到窘。我高高兴兴签了名叫人也高兴高兴。伊斯拉埃尔在装烟斗，加瓦勒在挠大腿，农妇显得很高兴接受了一本有作者签名的书。肉肠香气扑鼻。我喝了白葡萄酒有点醉了，不感到自己是个外人，尽管在一本书上签了名——以前我把这种事总看得有点可笑。我不感到自己没人理睬。尽管写了这本书，我不以作者，也不以旁观者自居。我不是从外界来的。伊斯拉埃尔亲切地望着我签名。加瓦勒不拘礼节地继续挠大腿。我从心底感激他们。这本书原可使我显得是个抽象的旁观者。可是，尽管写了这本书，我还是不以知识分子、不以见证人自居。我是属于他们的。

见证人的工作一直使我讨厌。我算是什么，倘若我不身体力行？为了存在，我需要身体力行。我用同志的品质营养自己——这种品质并不自知，因为它对本身是漠视的，这不是由于谦虚。加瓦勒从不自命不凡，伊斯拉埃尔也不。他们与自己的工作、职业、责任交织一起。与这块冒烟的肉肠交织一起。这些人内心充实令我陶醉。我可以默不作声。可以喝我的白葡萄酒。甚至可以在这本书上签名而不与他们疏隔。什么也破坏不了这种情谊。

我这样说不是在贬低聪明的步骤、意识的胜利。我钦佩明白事理的聪明，但是人还成什么呢，如果他缺少实体？如果他只是观察而不求本质？我在加瓦勒或伊斯拉埃尔身上就发现实体。在吉约梅身上也如此。

我从事写作可得到好处，比如说，可以享受这种自由：倘若第三十三联队第二大队的工作不称我心，我可以退出去找其他事做；这样的好处我怀着惊骇的心情去谴责。这不过是不思存在的自由。凡义务都使人得到成长。

在法国，我们差点给没有实体的聪明坑害了。加瓦勒是存在的。他爱，他恨，他追求快乐，他发牢骚。他与外界息息相关。如同我在他对面品味这种香脆的肉肠，我也品味使我们大家融为一体的工作义务。我爱第三十三联队第二大队。我不是作为发现了美景的欣赏者来爱的。我不在乎美景。我爱第三十三联队第二大队，因为我是其中一分子，因为它营养我，因为我也营养它。

现在我从阿拉斯回来了，比从前更属于我的大队。我与它多了一道联系。内心加强了和衷共济的感情，这感情要在静默中品味。伊斯拉埃尔和加瓦勒经历的风险，可能比我更艰苦。伊斯拉埃尔已经失踪。但是，今天这次散步，我也应该回不来的。它使我更有权利坐上他们的桌子，跟他们一样默不出声。得到这份权利要付极大的代价。但是，这是"存在"的权利，确也值这么大的代价。这说明为什么我在书上签名不感到窘……它不损害什么。

可是，等会儿少校问我，我结结巴巴说不上来，我想到脸红。我为自己难为情。少校想我这人有点儿蠢。如果说书上签名这类事不使我窘，这是因为我即使写出一座图书馆的书，这样的能力也救不了我到时候难为情。难为情不是我要玩的一种游戏。我不是那种怀疑论者，苦心孤诣去迎合某种催人泪下的做法。我不是那种城里人，在假期装扮成农民。我在阿拉斯上空再一次为我的诚意寻求证据。我把我的肉体投入这场历险。我的整个肉体。我存心把它输掉的。我献出我能献出的一切，遵守这些游戏规则。目的使这些游戏规则不成其为游戏规则。我获得了等会儿少校问我我发呆的权利。也就是身体力行的权利。与人联系的权利。心灵相通的权利。接受与奉献的权利。超越自己的权利。达到内心充实的权利。体验我在同志身上体验到的爱的权利，这种爱不是受自外界的一种冲动，不要求表露于外——从不——除了有时在告别宴会上。那时，你有点醉了，乘着酒兴向同席的人弯下身去，像一株果枝太沉的树向一边倾斜。我对大队的爱不需要表露。它是千丝万缕织成的。它就是我的实体。我属于大队。这便是一切。

我想到大队，不能不想到奥什台。我可以说一说他在战争中的勇气,但是我会感到自己可笑。这不是勇气问题:奥什台把全部身心献给战争。可能比我们大家都做得好。奥什台自始至终处于这种状况,使我难于望其项背。我穿衣时骂娘,他不骂娘。奥什台到了我们要去的地方。我愿意去的地方。

奥什台是一名老士官,最近提升为少尉。当然,他的文化程度不高。不会清楚表达自己思想。但他是个扎实的人,品格完整的人。对奥什台,责任这个词不含任何多余的意义。大家都愿意像奥什台承担责任那样去承担责任。对照奥什台,我责备自己出力不多,粗心大意,偷懒,尤其不该到时候冒出种种怀疑主义思想。这不是美德的标志,而是人所共知的嫉妒的标志。我愿意像奥什台存在那样存在。一棵树根正干直,美。奥什台始终不渝,也美。奥什台不会叫人失望。

奥什台的战斗任务,恕我一句不说。他自愿吗?我们这些人执行一切任务都是自愿的。这是模模糊糊地需要信任自己。这时人可微微超越自己。奥什台当然是自愿的。他"就是"这场战争。这件事那么自然,以致若要牺牲一个机组,少校马上想到奥什台:"您说吧,奥什台……"奥什台在战争中就像修士在宗教中,都是修炼。他为什么战斗?他为自己战斗。奥什台融合在某种需要拯救、也具有自身意义的实体中。在这个阶段,生与死也有点难分难解。奥什台已经溶化了。他不怕死,可能自己并不知道。延续,使延续……对奥什台来说,死亡与生存融合为一体。

当初他令我迷惑不解的是他的焦虑，当加瓦勒想向他借用怀表测量地面速度时。

"我的中尉……不……叫我挺为难。"

"你真傻！借十分钟做个调整！"

"我的中尉……中队仓库里有一个。"

"是的。但是六星期来它停在两点零七分下不来了！"

"我的中尉……表这东西是不能借的……我的表，我没有义务借……您不能这样要求！"

奥什台尽管刚从一团火焰中摔下来，奇迹似的没有损伤，军事纪律和等级制度还是可以要求他，立即再坐上另一架飞机，去执行另一项出生入死的任务……但是没法要求他把一只精致的表交到一只不知爱惜的手里；这只表花了他三个月的饷银，每晚他怀着一种母爱给它上弦。看到这些人双手乱舞，可以猜到他们对表一点不懂。

胜利者奥什台争回了自己的权利，把表揣在胸前，离开中队办公室，余怒未消，这时我真想拥抱奥什台。我发现了奥什台珍爱的宝藏。他会为自己的表斗争。他的表就存在。他会为自己的国家去死。他的国家就存在。跟他们连在一起，奥什台就存在。他与世界有千丝万缕的联系。

所以我爱奥什台，而不用对他这么说。平生最好的朋友吉约梅是在飞行中死的，我失去他后避免去谈他。我们飞行在同样的航线上，参加过同样的开拓工作。我们属于同样的实体。我感到自己随同他有点儿死了。我把吉约梅看成我在沉默中的同伴。我属于吉约梅。

我属于吉约梅,我属于加瓦勒,我属于奥什台。我属于第三十三联队第二大队。我属于我的国家。大队的人都属于这个国家……

第二十三章

我变多了！这些天，阿利亚斯少校，我悲哀。这些天，入侵的坦克一往无前，敢死队任务使第三十三联队第二大队二十三个机组牺牲了十七个。我觉得我们——您是第一个——为了群众场面的需要在接受扮演死亡的角色。啊！阿利亚斯少校，我悲哀，我错了！

对一个精神实质模糊不清的责任，我们——您是第一个——死抠其中的一字一句。您从本能上推着我们不是去胜利——这是不可能的——是去成长。您跟我们一样知道，得到的情报没有谁可以交。但是您在拯救一些仪式，其力量是隐蔽的。您一本正经问我们坦克屯留地、驳船、卡车、车站、车站里的火车，仿佛我们的汇报能派上用场。我甚至看您怀有恶意，叫人恼火：

"怎么会呢！怎么会呢！从驾驶座可以看得非常清楚。"

可是，您说得也有道理，阿利亚斯少校。

飞机下的这群人，我就是在阿拉斯上空打入报告的。我只与我效过力的人连在一起。我只对我接近的人有了解。泉水滋润我的根苗时，我才存在。我属于这群人。这群人属于我。现在我从乌云中钻出来，以每小时五百三十公里速度，从二百米高度，在黄昏中接近他们，像一个牧羊人，眼睛一扫，把羊群点过数，赶拢来，合成一个集体。这群人不再是一群人，他们是人民。我怎么会没有希望呢？

尽管失败使人消沉没落，我心中却像领受圣事出来，感到这种庄严持久的喜悦。我沉浸在支离破碎中，可是我像个胜利者。哪个执行任务回来的同志不感到自己是个胜利者？贝尼珂上尉跟我谈到今天上午的飞行："我看出这些自动武器中有一支瞄得很准，拨转机头朝它全速擦地笔直冲过去，开上一梭子机枪，把这团红光一下子扑灭，像风扫残烛。十分之一秒钟后，我呼隆隆向敌军炮台扑去……像飞机炸了似的！那群炮兵给我冲得到处乱窜，地上打滚。我好似玩上了九柱戏。"贝尼珂笑了。贝尼珂豪迈地笑了。贝尼珂，胜利的上尉！

我知道任务使加瓦勒的这位机枪手也面貌一新，他在夜里闯进了八十台探照灯组成的集交火束，像参加军人的婚礼，在剑的夹道中钻了过去。

"您可以飞九十四。"

杜泰特在塞纳河上空定了位。我朝离地一百米高度下降。大地以每小时五百三十公里速度，推着种上小麦、苜蓿的长方形田野，还有三角形森林，朝着我们过来。我瞧着我的船头不知疲劳地把平静的镜面纷纷震碎，感到一种奇怪的生理乐趣。塞纳河出现在我面前。我横越时，塞纳河往后躲，像在旋转。这个动作使我快乐，像在跳轻柔的芭蕾舞步。我稳稳坐着。我是飞机的主人。油箱经住了震动。我要与贝尼珂打扑克，赢他一杯酒，然后下象棋击败拉科代尔。我是胜利者的时候，就是这个样。

"我的上尉……他们打炮了……我们飞入了禁区①……"

是他计算的航线。要挨骂轮不着我。

"炮火猛吗？"

"他们拼命的打……"

"我们回去？"

"喔！不……"

声调是饱经风霜的人的声调。我们见识过洪水。防空炮火对我们只是一场春雨。

"杜泰特……要知道……在家门口叫人打下来才叫傻呢！"

"……什么也打不下来的……是给他们锻炼锻炼。"

杜泰特悲哀了。

我不悲哀。我幸福。我要跟自己家里的人说话。

"噢……是的……炮打得像个……"

咦，这个人还活着！我注意到我的机枪手从不自发地表明自己的存在。他把整个历险消化了，不感到需要与人交流思想。除了炮火最猛烈时发出"喔！啦！啦！"的声音。无论如何，这不是在和盘托出说心里话。

但是，现在他的专业用上了：机枪。专家谈到自己的专业时，就口无遮栏了。

---

① 1940年6月22日，法国政府与德国政府签订停战协定。后把法国本土划分为若干区域，有"自由"区（归法国维希政府管辖）、德国占领区、意大利占领区、禁区等。

我没法不把这两个领域进行对比。飞机领域和土地领域。我刚才挟着杜泰特和我的机枪手超过允许限度。我们看到法国熊熊燃烧。看到海洋闪闪发光。我们在高空中老了。俯身望着一片遥远的土地,像望着博物馆的玻璃柜。在阳光中跟敌人歼击机灰尘作游戏。然后我们又往下飞。朝火灾扑去。我们牺牲了一切。这时,我们对自身的了解比沉思十年学到的还多。我们最后走出这座修道院,确也过了十年。

此刻,在往阿拉斯飞时越过的这条公路上,我们可能又会遇到这群队伍,他们至多前进了五百米。

他们把一辆抛锚的汽车推到沟里的时间,替换一只轮胎的时间,为了等待岔路口清理漂流物而坐着不动,手指在方向盘上轻轻弹的时间,我们已经回到了机场。

我们跨过整个失败局面。我们像那些香客,他们历尽艰辛,但不以沙漠为苦,因为他们精神上已经进入了圣城。

逐渐下降的黑夜将把零乱的人群赶进痛苦的栅栏。人挤在一块。他们朝着什么喊叫呢?而我们,朝着同志奔去,我觉得我们匆匆忙忙在赶一个节日。比如一间简陋的小屋,远处灯光闪烁,会使最严酷的冬夜变成一个圣诞夜。我们到了那里,会受到欢迎。我们到了那里,会通过晚餐的面包达到感情相通。

今天,经历的事够多的了:我幸福和疲劳。我将把一架弹孔装点的飞机交给机械师去照应。我将脱下沉重的飞行服,天太晚了，不能跟贝尼珂赌酒喝了，还是老老实实坐在同志中间吃晚饭……

我们迟到了。迟到的同志有的不会回来了。他们迟到了吗？太晚了。也无可奈何了！黑夜使他们跌翻在永恒中。晚饭时刻，大队计算死者人数。

死者在记忆中愈长愈美。人们总看到他们最悦目的笑容停留脸上。我们沾不上这份光了。我们将像邪恶的天使、非法的猎人偷偷摸摸出现。少校一口面包又会咽不下去。他望着我们。可能会说："啊！……你们回来了……"同志们不说话。他们几乎不看一眼。

我从前对大人的敬意不多。我错了。人是不会老的。阿利亚斯少校！人回来时也可以是纯洁的："你来了，你是属于我们的……"腼腆使人沉默。

阿利亚斯少校，阿利亚斯少校……你们之间的种种情谊我体验到了，像盲人体验到火。盲人坐下，伸出双手，他不知道他的欢乐从哪个方向来的。我们完成任务回来，准备接受一种滋味陌生的报答；这种报答说穿了就是爱。

我们认不出这就是爱。我们平时想到的爱，充满骚乱和激情。但是这里谈的是真正的爱：使人成长的千丝万缕的联系。

第二十四章

我问过农庄主仪表的数目。农庄主回答我:"你那玩意儿里的东西我一点不懂。仪表准是少了几件——至少那些可让我们打赢仗的仪表少了……您跟我们一起用饭吗?"

"我用过了。"

但是他强迫我坐在侄女和女主人中间:

"你,侄女儿,往那边靠靠……给上尉让个位子。"

我发现我不仅与同志们连在一起。通过他们还与全国人连在一起。爱,一旦发芽,根须便会无尽地蔓延。

我的农庄主在静默中分面包。白天的操劳使他神情肃穆,气质高贵。他从事这项分配工作,像主持一项仪式似的,可能是最后一次了。

我想起四周的田野,生产了这个面包的原料。敌人明天要占领田野。武装人员的纷扰是看不到的!地球很大。占领,在这里,可能只表现为无垠乡野中一个孤独的哨兵,田埂上一颗灰点子。表面什么也没有变化。但是,关于人的事,一个标志可使一切改观。

吹过庄稼地的风与吹过海面的风,始终相像。但是吹过庄稼地的风在我们看来更加强劲有力,是因为它席卷时是在巡视一份祖业。它保证未来。它是对妻子的抚摩,头发上的轻拍。

麦子，明天会变了样。麦子不只是肉体的养料。抚育人绝不同于喂养牲口。面包的作用数不胜数！由于一起分享面包，我们体会到面包是建立人类大家庭的一个工具。由于靠额上汗水赚到面包，我们体会到面包是劳动的伟大形象。由于贫困时用面包赈济，我们体会到面包是怜悯的主要媒介。分享的面包的滋味无物可以比拟。而今，这块麦田生产的精神面包，也即这个粮食的精神力量，处境危险。我的农庄主明天分面包时，可能不是在主持同样的家庭宗教仪式。面包，可能在明天，不会在眼睛里燃起同样的光。有的面包像油灯的油。油会变成光的。

我看侄女，她很美，我对自己说：面包在她身上变成忧郁雅致。变成腼腆。变成静娴。可是同样的面包，只要麦海岸边出现一颗灰点子，明天就是点燃同样的灯，恐怕也发不出同样的光。面包的本质力量变了。

我进行斗争是为了保持光的质量，更先于拯救肉体的养料。我进行斗争是为了一种特殊的光照，可使国内家家户户的面包改观。这位神秘少女身上，首先令我感动的是那种神态。我说不上一张脸上的线条是怎样连接的。这就像看书不是看书页，而是看书页中洋溢的诗意。

她感到有人瞧着自己。朝我抬起眼睛。好像向我笑了一笑……仿佛易碎的水波上吹过一阵清风。这表情使我惶惑。我感到属于这里——不属于他处——的特殊灵魂神秘地出现了。我体验到一种和平，我要说："这是静默王国的和平……"

我看到麦子的光亮了。

侄女的脸又变得光洁无纹，表情莫测。女主人叹口气，向四周望一下，没说话。农庄主默想未来的日子，知趣地一声不出。各人的静默中都有一份内心的财富，像一座村庄的祖产——同样受到威胁。

一个奇怪的道理，使我觉得自己要对这些看不见的宝藏负责。我离开我的农庄。我慢慢走。带着这份责任，虽沉重，但更亲密，像怀里睡着一个孩子。

我答应要跟我的村庄进行这次对话。但是我没有话要说。几小时前，焦虑的情绪平静时，我想起了树，现在我就像树上结的果子。我感到自己与家里的人连接一起，很自然。我属于他们，就像他们属于我。当我的农庄主分面包时，他什么都没有给。他在分享，在交换。同样的麦子在我们体内流转。农庄主没有贫困。而是富裕了：因为面包由大家分享，他吃了更有营养。我今天下午起飞为那些人执行军事任务，我什么也没有给他们。我们大队的人什么也没有给他们。我们是他们战争牺牲的一部分。我理解奥什台参战为什么不发豪言壮语，只像一名村里打铁的铁匠。"您是谁？"——"我是村里的铁匠。"铁匠工作得很幸福。

如果说此刻他们失望而我希望，我跟他们也没有不同。我不过是他们希望的一部分。当然，我们已经输了。一切都在未定之天。一切都在崩溃。但是我依然感到胜利者的平静。这话不是矛盾吗？我才看不起话呢。我像贝尼珂、奥什台、阿利亚斯、加瓦勒。我们找不出语言说明我们胜利的感情。但是我们感到自己是负责的。没有人能够同时感到负责和失望。

失败……胜利……我不擅于运用这些公式。有的胜利令人振奋，也有的胜利令人堕落。有的失败令人毁灭，也有的失败令人清醒。生命不是以状态、而是以步骤来表明的。我唯一不表怀疑的胜利是孕育在种子繁殖力里的胜利。种子埋进了广阔的黑色沃土，已经可算是胜利的种子。但是看它茁壮成长为麦子，则需借以时日。

今天早晨，还只是一支溃败的部队、一群流散的人。但是一群流散的人若有一个思想集结他们，就不会再流散。工地上若有一个人，即使单枪匹马，想到建造教堂，工地的石头四处分散也仅是表面现象而已。零星的泥块沾上一粒种子，我就不用为它担心。种子会破土而出，成为栋梁之材。

谁进入沉思，会变成种子。谁发现一条明白的事理，会拉别人的袖子指给他看。谁有创造发明，会立刻宣讲。我不知道奥什台这样的人怎样表心意或行动。但是这我不在乎。他默默的信念会在周围扩散。我更看清各种胜利的共同原则；谁只想在建成的教堂内谋求做一个圣器保管人或椅子出租者，已是一个失败者。但是谁心中有建造教堂的宏图，已是一个胜利者。胜利是爱的果实。爱才认得清要塑造的面目。爱才催人朝那个面目走去。聪明为爱服务才有价值。

雕塑家心里掂着他的作品；他若不知道怎样去雕塑，这不重要。捏了又捏，错了又错，矛盾了又矛盾，他通过黏泥直向他的创造走去。聪明和判断都不是创造者。雕塑家只有技巧与聪明，他的双手便缺乏天才。

我们对聪明作用的误解由来已久。我们忽视了人的实体。以为卑劣的灵魂靠了手段巧妙，也能完成高尚的事业，以为八面玲珑的自私自利也能鼓动牺牲精神，以为干枯的心通过巧言令色也能建立友谊或爱。我们忽视了本质。雪松的种子长成的总是雪松。荆棘的种子长成的只会是荆棘。从今以后，我判断一个人，决不根据他为自己的决定而作的申辩。言辞的保证犹如行动的方向，太容易叫人上当。往家走的人，我不知道他去吵架还是去爱。我要问自己的是："他是什么样的人？"那时我才知道他倾向于做什么，会到哪里去。归根结蒂，人总是往他倾向的方向走的。

阳光照射到的根芽，总会在地面的乱石堆里找到自己的道路。纯粹的逻辑学家若没有阳光照引，会淹死在纷乱的问题中。我不会忘记敌人本身给我的教育。装甲队应该选哪个方向去封锁敌人的后方？他回答不出。应该是什么样的装甲队？这个装甲队——既然遇到的是堤坝——应该有海的力量。

应该做什么？做这个。或做相反的事。或做其他的事。对未来的事用不上决定论的。应该是什么？这才是主要的问题，因为只有智慧才会使聪明受胎。使它孕育未来的作品。聪明则可使作品呱呱落地。要造出第一艘船，人该做什么？这个公式太复杂了。归根结蒂，通过千万次反复的摸索船才会问世。但是这个人应该是什么样的人？这里，我在探索创造的根本。他应该是个商人或士兵，因为那时，有必要，出于对遥远土地的爱，他鼓动有技术的人，招募做工的人，有朝一日，把他的船抛出去！要整座森林飞腾，应该做什么？啊！这太难了……应该是什么？应该是冲天的火！

我们明天将进入黑夜。白天重临时，希望我的国家依然存在！要救它应该做什么？如何提出一个简单的办法呢？必须做的事又是彼此矛盾的。重要的是拯救精神遗产，没有精神遗产，民族出不了天才。重要的是拯救民族，没有民族，精神遗产要湮没。逻辑学家缺乏一种语言去兼顾这两种拯救，不免要牺牲灵魂或牺牲肉体。但是我不理会逻辑学家。我要的是白天重临时，我的国家——在灵魂上和肉体上——依然存在。为了依照我的国家的利益行动，我应该每一时刻，怀着我全部的爱，朝着这个方向压。海往一个方向压，不会找不到水道。

我不可能对复兴存丝毫的怀疑。我更理解我的盲人找火的故事。盲人若朝火走去，这是他内心需要火。火已经支配他的行动。盲人若去找火，可以说火已找到了。同样，雕塑家若去捏黏土，他已胸有成竹。我们，也是一样。我们感到我们联系的温暖，这说明我们已经是胜利者。

我们对自己的大家庭深有感触。号召别人加入，我们当然要把这点说出来。这要在觉悟和语言上作出努力。但是，为了不使实体受损，我们也不应该跌入权宜的逻辑、哄吓诈骗、论战空谈的陷阱。我们必须首先不否认我们所属的一切。

所以，我执行阿拉斯任务回来，仿佛受了启示，在乡村的静夜里，靠在一堵墙上，开始给自己确定几条终生不背离的简单规则。

因为我属于他们的，我决不否认他们是自己人，不论他们做什么。我决不煽动别人攻击他们。若有可能为他们辩护，我为他们辩护。他们若使我蒙受耻辱，我把耻辱埋在心里，一声不出。不管我对他们有什么想法，我决不去做原告的证人。做丈夫的不会挨家挨户，亲口告诉邻居他的妻子是个荡妇，这样做不能挽回自己的名声。因为妻子是他家的人。他不能自以为清白攻击她。回到家，他有权利表示愤怒。

因而，凡有失败我决不推卸责任——失败虽经常使我抬不起头。我属于法国。法国造就了雷诺阿、帕斯卡、巴斯德、吉约梅、奥什台这样的人。法国也培育了无能者、政客和骗子。但是我只承认与前者、而否认与后者的亲属关系，未免太轻松了吧。

失败造成分裂。失败会打败一切可以不败的东西。并会有死亡的威胁；我不去加深这些分裂，把灾难的责任推在想法与我不同的人身上。这种没有法官的官司一无可取。我们大家都是失败者。我失败了。奥什台失败了。奥什台不把失败推在其他人身上。他对自己说："我，奥什台，我属于法国，我做了弱者。奥什台的法国做了弱者。我通过它做了弱者,它通过我做了弱者。"奥什台知道,他若与自己人不沾边,他只是在捧自己。从而,他不再是某一家、某一家族、某一大队、某一国家的奥什台。他只是一片荒漠中的奥什台。

我若接受我家的屈辱,我可以对我家做一番工作。它属于我的,就像我属于它的。但是,我若拒绝屈辱,家会离我而去,我可以做个光荣的孤家寡人,然而比死人还无用。

为了存在,首先要承担责任。才几小时前,我还看不见。我悲哀。但是现在,我看清了。自从觉得自己属于法国后,我拒绝埋怨其他法国人,同样我也不以为法国可以埋怨世界。每人对人人负责。法国对世界负责。法国原可向世界提出世界团结的共同尺度。法国原可作为世界的拱顶石。假使法国保持了法国的风貌、法国的光辉,全世界可通过法国成为抵抗力量。我今后否认我对世界的指责。如果世界缺少灵魂,法国就有责任去充当灵魂。

法国原可号召别人。第三十三联队第二大队接连作为志愿军参加了挪威战争、芬兰战争。挪威和芬兰对我们的士兵与士官代表什么?我总觉得他们模模糊糊接受死,像去参加什么圣诞节庆。拯救世上的这种风貌,仿佛值得他们牺牲自己的生命。倘若我们那时是世界的圣诞节,世界会通过我们得到拯救。

世界人类精神大家庭并不倾向我们。但是,我们建成这个大家庭,就可拯救世界与我们自己。我们没有完成这项任务。

每人对人人负责。每人单独负责。每人单独对人人负责。我第一次懂得了宗教的一个神秘,我自认我所从属的这个文明就是从宗教来的:"承担人的一切罪恶……"每人承担一切人的一切罪恶。

第二十五章

谁说这是一种弱者的学说？承担一切的人是领袖。他说：我给打败了。他不说：我的士兵给打败了。真正的人是这样说话的。奥什台会说：责任在我。

我理解屈辱的意义。屈辱不是贬低自己。屈辱是行动的原则。我欲宽恕自己，若把自己的不幸归咎于命运，我在向命运投降。若把自己的不幸归咎于众叛亲离，我在向众叛亲离投降。但是，我若承担错误的罪责，我是在行使做人的权力。我能对我所属的东西有所行动。我是人类大家庭的一名成员。

我心中有一个人，我把他打倒才可使自己成长。必须经过这个艰苦历程，我多少辨清我心中要打倒的那个人和要成长的那个人。我不知心中要出现的这个人到底什么形象，但是我对自己说：个人只是一条道路。借这条路走向人的境界，这是唯一重要的。

论战中的种种真理再也不能令我满足。责备个人有什么用。他们只是道路和途径。我的机枪上冻，我不再说是官员的疏忽；友邦人民不来援助，我不再说是他们自私自利。失败当然通过个人的失责表现的。但是，塑造人的是文明。我若认为自己的这个文明由于个人的缺陷而受到威胁，我有权利问自己，为什么这个文明塑造的不是另一种人。

一个文明如同一门宗教，埋怨信徒怠惰也就是控诉自己无能。它应该鼓动他们的热情。埋怨非信徒的憎恨，也是如此。它应该感召他们。然而，我的文明从前经历了考验，激励了使徒，推翻了暴君，解放了受奴役的各国人民，今天却再也不会激励和感召。我若想找出我失败的种种原因的总根子，我若有复活的雄心，我首先应该找回我失去的热忱。

因为，文明说来也像麦子。麦子养活人，人又留下麦种拯救麦子。麦种的保存像祖业，一代接着一代，受到尊敬。

光知道盼望长什么样的麦子对我是不够的。我若要拯救某一类人——及其能力——必须同时拯救培育这类人的原则。

我保留了我认为是自己的这个文明的形象，却失去了传递这个文明的规则。我今晚发现我以前使用的词句接触不到事情的根本。我以前宣扬民主，没有察觉我在人的品质与命运上说的不是一整套规则，而是一连串祝愿。我祝愿人相亲相爱、自由和幸福。当然啰。谁会不同意？我知道摆道理说明人必须"怎样"——却不会说明人必须是"什么样"。

我说到人类大家庭，词义不明。我影射了那种气候，仿佛气候不算是某种具体社会结构的产物。我像在提起一条天然的事理。天然的事理是不存在的。法西斯队伍、奴隶市场也都产生于人类大家庭。

这个人类大家庭，我以前没有作为建设者住在里面。我托庇于它的和平、容忍和福利，我对它毫不了解，只知住在里面，住在里面像个圣器保管人或椅子出租者。因而也像个寄生虫。因而也像个失败者。

如同船上的旅客。他们乘在船上，从不给船做什么。他们关在客厅里——认为这是天经地义的场合——进行他们的赌博。他们不知道船的肋骨不停地承受海水的重压。倘若风暴打得船粉身碎骨，他们有什么权利指责？

倘若各人一蹶不振，倘若我给打败了，我去指责什么？

确有一个共同尺度，衡量我宣扬的文明培育下的人具有的品质。确有一条拱顶石，支持他们应该建立的具体大家庭。确有一条原则，从前的一切赖以长根壮干，抽枝结果。那是什么呢？那是埋在人的沃土中强有力的种子。唯有它能使我成为胜利者。

我在村上这奇妙的一夜里，好像懂得了许多事情。静也是静得异乎寻常。轻微的响声像钟声，充满整个空间。没有东西对我是陌生的。牲畜的呻吟、远处的呼唤、关门的声音，一切像在我心中穿过。一种即将消逝的感情，我应该赶快领悟其意义……

我对自己说："这是阿拉斯的炮火……"炮火打穿了一层外壳。整个白天，我无疑是在脱胎换骨。只是进行的时候嘟嘟囔囔。是呀，嘟嘟囔囔的是那个个人。但是，出现了人。他代替了我，如此而已。他望着流离四散的人群，看到了人民。他的人民。人，是人民与我的共同尺度。所以，我朝大队奔去时，像奔向一堆大火。人通过我的眼睛在看——人，是同志们的共同尺度。

这是一个征兆吗？我几乎相信起征兆来了……今晚，一切都叫我心领神会。任何声响我听来都像是一个信息，又清楚又模糊。我倾听一个平静的脚步声响彻黑夜：

"嗨！你好，上尉……"

"你好！"

我不认识他。我们这声招呼，像两艘船对遇时船伕的一声"嗬嗨"。

又一次，我感到一种神奇的亲属感情。今晚，在我身旁的人，不停地清点自己的亲人。人，是人民和民族的共同尺度。

那一位他回家来，怀着他的一份操心、想法与意象。搂着自己的货物，秘而不宣。我可以上去跟他讲话。我们可以在白色乡村路上交换一些回忆。像岛上回来的商贩，见了面交换宝贝。

在我的文明中，不同于我的人不会损害我，只会丰富我。我们的团结居于我们之上，是为人建立的。在第三十三联队二大队，晚间讨论不会危害、只会加深我们的友谊，因为没有人希望听到自己的回声，瞧着镜子里的自己。

法国的法国人和挪威的挪威人同样也是为人而走到一起的。人使他们团结，同时又促进他们有不同的习俗，而不引起相互抵触。树也是这样表达自己的思想，它长出的枝条，与根不是同样面貌。因而，倘若那里的人爱写雪的故事，荷兰人爱种郁金香，西班牙人爱跳即兴的佛拉芒戈舞，我们大家都在人面前得到丰富。可能这说明为什么我们大队的人愿意为挪威而战……

现在，我好似经过长途跋涉，到了朝圣的目的地。我没有发现什么，但像梦中醒来，只是又看见了自己以前没再仔细看的东西。

我的文明是通过个人建立对人的崇拜。几个世纪来，我的文明追求的就是要指出什么是人，就像它教导我们要辨清石头与教堂。它宣扬的这人比个人重要。

因为我的文明中，人不是以众人作为标准。而是众人以人作为标准。在人之中，像在任何本质之中，有些东西不是构成它的物体所能解释的。一座教堂与一堆石头毕竟不可同日而语。教堂中有几何学和建筑学。这不是由石头来确定教堂的特性，而是教堂以其本身的意义丰富了这些石头。这些石头成了教堂的石头而有了风光。形形色色的石头都服务于教堂的统一。甚至龇牙咧嘴的兽形排水管也被教堂吸收了，组成它的赞歌。

但是，渐渐地，我忘了自己的真理。我一度相信人概括了众人，好像石头建筑概括了石头。我混淆了教堂与石头堆，渐渐地，遗产湮没无闻了。应该恢复人。人是我的文化的精华。是我的大家庭的钥匙。是我的胜利的原则。

第二十六章

强迫各人服从固定的规则,在这个基础上建立社会秩序,这是容易的。一个俯首忍受主人或《古兰经》约束的盲人,摆布他也是容易的。但是,成功要高尚得多,它要解放人,又要使人懂得自律。

但是,什么是解放?我把一个毫无感受的人解放到一片荒漠中去,他的自由意味什么?要走向某个地方去的"某个人"才谈得上自由。解放这个人,也就是教他什么是渴,并向他指出水井的道路。那时,才向他提出步骤,这些步骤就不是没有意义的了。如果不存在重力,解放一块石头是没有意义的,因为,石头就是自由,也哪儿都去不了。

我的文明追求的是:超越个人,在对人的崇拜上建立人与人的关系,目的使各人的行为不论对自己还是对别人,不是盲目遵从清规戒律,而是自由行使爱的权利。

重力的道路是看不见的,但可解放石头。爱的斜坡是看不见的,但可解放人。我的文明追求的是:每人都成为同一位王子的使节。它把个人看作是道路或使命,去达到更高一层境界。个人有上升的自由,它则给他指出磁力的方向。

我了解这种重力场的起源。几个世纪来,我的文明通过人去景仰上帝。人是按照上帝的形象创造的。大家尊重人心中的上帝。人在上帝面前是兄弟。上帝的这种反映赋予每人一种不可剥夺的尊严。人与上帝的各种关系，显然建立了各人对自己和对他人所负的各种义务。

我的文明是基督精神价值的继承人。我将对教堂的构造进行思索，以便更好理解它的建筑。

景仰上帝是建立人的平等，因为上帝面前人是平等的。这种平等关系有一个明确的意义。因为大家只能在某个事物面前实现平等。士兵和军官在国家面前是平等的。若不在某个事物面前去求这种平等，平等只落得是一句空话。

我很明白，这种平等——各人对上帝的权利的平等——为什么不允许限制个人的上升：上帝能够决定把他作为道路。但是，因为上帝"对"各人的权利也是平等的，我明白为什么各人——不管是谁——都要承担同样的责任，对法则表示同样的尊重。表达上帝的宗旨时，他们的权利是平等的。为上帝服务时，他们的义务是平等的。

我明白，为什么在上帝面前建立的平等不会引起矛盾与混乱。不确立共同尺度，蛊惑人心的宣传乘虚而入，平等原则会蜕化为同等原则。那时，士兵会拒绝向军官行礼，因为士兵向军官行礼，变成为向个人而不是向国家致敬了。

我的文明承袭了上帝，使人在人面前平等。

我明白人与人相互尊敬的起源。大学者向司炉工本人表示尊敬，因为他通过司炉工尊敬的是上帝——司炉工也是上帝的使节。不论这一个如何优秀，另一个如何平庸，谁也不能试图把另一个沦为奴隶。使节是不可侮辱的。但是对人的这种尊敬不是去迁就各人的平庸、愚蠢或无知，既然首先尊敬的是上帝使节这个身份。因而，上帝的爱建立了人与人之间的高尚关系，遇到事情都要超越各人的身份，而以使节身份去处理。

我的文明承袭了上帝，通过各人建立对人的尊敬。

我明白博爱的根源。人在上帝面前是兄弟。人只能在某种事物面前是兄弟。不存在串联他们的纽带，人是并列的，不是相连的。人不可能是纯粹的兄弟。我的同志和我在第三十三联队第二大队"面前"是兄弟。法国人在法国"面前"是兄弟。

我的文明承袭了上帝，使人在人面前是兄弟。

我明白以前向我宣扬有义务做慈善工作的意义。慈善施之于个人，服务于上帝。不管个人如何平庸，慈善是对上帝的偿还。这样的慈善不使受惠者屈辱，也不使他受图报的约束，因为这份礼物不是给他，而是给上帝的。行善决不是向平庸、愚蠢或无知致意。最庸俗的人得了瘟疫，医生也应冒生命危险去给他治病。医生服务的是上帝。他不因在小偷病床边度过不眠之夜而有所贬低。

我的文明承袭了上帝，这样把慈善作为通过个人赠给人的礼物。

我明白各人要谦恭的深刻意义。谦恭不使人低下，它使人高尚。它向他阐明作为使节的任务。谦恭要求他通过别人尊敬上帝，同样自己内心尊敬上帝，做上帝的信使，为上帝奔波。谦恭要他了解忘私才会达到崇高。如果一个人自命不凡，道路立刻变成墙壁。

我的文明承袭了上帝，主张尊敬自己，也即是通过自己尊敬人。

我终于明白，为什么上帝的爱建立了人对人的责任观念，要他们把希望作为美德[①]。因为希望使每人做同一个上帝的使节，把世人的得救交于每人之手。无人有权利绝望，既然他是个普通的受命者。绝望即否认自己内心的上帝。希望的职责可作出如下的理解："你认为自己那么了不起？你绝望说明你多么自负！"

我的文明承袭了上帝，使每人对人人负责，人人对每人负

[①] 基督教教义中有三德：信德、爱德、望德。

责。各人应该牺牲自己救助集体，但是这里说的不是一种愚蠢的算术关系。这是说通过各人尊敬人。我的文明的伟大在于：一百名矿工应该冒生命危险救一名埋在地底的矿工。他们救的是人。

我经过这样的启示，清楚明白了自由的意义。它是一棵树种在土壤上生长的自由。它是人的上升的气候。它像一种顺风，帆船靠了顺风才可在大海上自由行驶。

这样培育的人具有树的力量。哪块空间他不能用自己的根须去覆盖！哪根苗子他不能润泽，令其在阳光下茁壮成长！

第二十七章

但是一切都给我糟蹋了。我挥霍了遗产。我听任人的观念腐烂。

通过各人崇拜所景仰的一位王子,崇拜在人与人关系中建立高尚品质;为了拯救这种崇拜与高贵品质,我的文明还是花费了相当的精力,运用了非凡的才华。"人道主义"的一切努力就是要达到这个目的。人道主义担负的特殊使命是阐明和延续人高于个人的观念。人道主义宣扬人。

但是谈到人,语言变得不敷应用。人不同于个别的人。只谈石头,那就没有谈到教堂的要义。用人的品质去说明人,那就没有说清人的要义。人道主义就是这样朝着一条死胡同在工作。它力求用一种逻辑的、伦理的论据去确定人的观念,然后把这个观念传播到人的思想中去。

没有一种语言解释可以代替心领神会。本质的一致没法用言词传播。有的人不懂祖国与产业,我欲教育他们爱祖国与产业,却找不到论点打动他们。组成产业的是田野、牧地和牲畜。这些东西,或个别的,或一起的,都可使人富。可是产业中也有东西没法用物资分析,既然有些业主出于对产业的爱,要保住它不惜倾家荡产。恰是这"东西"使物资有一个特殊的高尚品质。那时这些物资才称得上某一产业的牲畜、某一产业的牧地、某一产地的田野……

因而，我们也应成为某一祖国、某一职业、某一文明、某一宗教的人。但是要具备这样的本质，首先在于创立这样的本质。不存在祖国感情的地方，什么语言也传播不了祖国感情。如何创立所要具备的本质，唯有通过行动。本质不属于语言王国，但属于行动王国。我们的人道主义忽视了行动。它的试图失败了。

基本的行动在这里另有一个名字。叫做牺牲。

牺牲不意味割爱或苦修。主要是一个行动。把自己奉献给自己企图具备的本质。要懂得什么是产业，非得是为有它而舍身牺牲过，为救它而奋斗过、为美化它而劳苦过的人。那时他心中会泛起对产业的爱。产业不是利益的总和，那样看就错了。产业是心血的总和。

我的文明依靠上帝时，拯救了牺牲的观念，把上帝建立于人的心中。人道主义忽略了牺牲的根本作用。它企图用言词而不是用行动传播人的观念。

为了通过人不使人隐没，人道主义掌握的手段无非是一个用大写字母美化的"人"字。我们很有可能在一个危险的斜坡往下滑，有一天会把人看作是人的平均数或全体的象征。我们很有可能把我们的教堂与一堆石头混淆不分。

渐渐地，我们失去了遗产。

我们不去肯定通过各人实施人的各种权利，却开始谈论集团的权利。我们看到不知不觉间引入了一种漠视人的集体伦理道德。这个道德后来明确地解释为什么各人应该为大家庭牺牲自己。却不直截了当地也解释,为什么大家庭也应该为一个人作出牺牲。为什么把一人救出不正义的牢笼而死了一千人也是得失相抵的。这类事我们还记得,但是渐渐淡忘了。可是,我们的伟大首先在于这个原则,使我们与蚂蚁窝所以有如此明显的差别。

我们——由于缺少有效方法——从以**人**为基础的人道主义滑向以人群为基础的这个蚂蚁窝。

我们有什么可与这类宣扬国家或群众的宗教相抗衡呢?来自上帝的**人**的伟大形象又怎么样了呢?通过一种已失去实体的词汇,这种形象已经面目难辨了。

渐渐地,忘了**人**,我们把我们的伦理道德局限于个人问题。我们要求各人不触及另一个人。各块石头不触及另一块石头。当然,石头散在地上时,是互不触及的。但是,它们相互触及才能造出教堂。教堂又使它们树立自己的意义。

我们继续宣扬人与人的平等。但是,忘了**人**,我们对自己说的事就一无所知。因为不知道在什么基础上建立平等,我们作出一个模糊的确认,也不知道如何实施。以众人的问题来说,贤人与恶人、愚者与智者之间的平等怎样去确定呢?以物的问题来说,平等也就是——如果我们妄图明确定义和付诸实施的话——要求每样东西占同等的位子,起同样的作用。这是荒谬的。平等原则会蜕变成同等原则。

我们继续宣扬各人的自由。但是，忘了**人**，我们把自己的自由说成是一种模糊的为所欲为，仅限于不损害他人。这没有实际意义，因为没有一个行动不涉及他人。我做了士兵，若把自己弄成残缺，就要被枪毙。不存在单独的个人。谁退出，谁触及大家庭。谁悲伤，也使得别人悲伤。

我们行使这样理解的自由权利，没法不引起克服不了的矛盾。由于不知道确定在什么情况下我们的权利可以实施，什么情况下我们的权利不可实施，我们假仁假义地闭上了眼睛，为了拯救一条含糊不清的原则，不去注意任何社会对我们各种自由会设置数不尽的障碍。

至于慈善，我们甚至不敢宣扬。确实，从前，创立本质的这个牺牲称为慈善，施之于人而荣归上帝。我们通过各人，给了上帝或人。但是，忘了上帝或人，我们只是给了个人。从此，慈善往往成了令人难以接受的工作。保证施舍公正的应该是社会，不是个人的好恶。个人的尊严要求本人不因另一人大方而低人一等。占有者除了占有自己的财物以外，还要求非占有者的感激，这是违情悖理的。

但是，尤有甚者，是我们受人误解的慈善背离了原来的目的。慈善纯粹建立在对个人的怜悯上，禁止我们去进行有教育意义的惩罚。真正的慈善是超越个人而履行对**人**的一种礼拜，强调要打垮个人而让**人**成长。

我们就这样失去了**人**。失去了**人**，我们的文明宣扬的博爱也失去了温暖的内容，既然大家在某个事物面前是兄弟，而不是纯粹的兄弟。分享不能保证博爱。只有在牺牲中才凝聚博爱。博爱凝聚在比自己更广大的共同献身中。但是，把这种真正存在的根源混同为一种毫无报偿的退让，我们把我们的博爱贬低为一种相互容忍。

我们已经停止奉献。我若把一切只给自己，也得不到别人的赠答——因为我不能给自己增一物——就什么也成不了。若有人要求我为某些利益去死，我会拒绝。利益莫大于人之生。什么样的爱的冲动令我不惜去死呢？人为一幢房子死。不会为一些什物和几堵墙。人为一座教堂死。不会为几块石头。人为一个民族死。不会为一群人。他若是一个大家庭的柱石，会为人的爱去死。人只会为了自己赖以为生的事物去死。

我们的词汇好像一如既往不见变化，但是我们的死已失去真正的实体，引导我们——倘若我们想达到什么结果——走向毫无出路的矛盾。我们没法不对这些争端闭目不看。因为不懂建筑术，就没法不让这些石头散放在地上。谨小慎微地议论集体，又不敢明确我们议论的东西，因而我们的议论实际上也是空谈。集体不凝聚在某个事物上，集体这个词是没有意义的。数量成不了本质。

若说我们的社会还有可取之处，是人在社会中还保留了些威望，这是因为真正的文明——被我们无知背叛的文明——留在我们身上的光辉没有完全泯灭，不顾我们自己还在拯救我们。

我们自己不再懂的东西，我们的对手怎么会懂呢？他们看到我们只是一堆散放的石头。既然我们由于忘了人不再知道什么叫集体，他们就给集体找一个意义。

一部分人一下子轻松愉快地得出逻辑的极端结论。并把这些结论作为绝对的套子。石头与石头必须是同等的。每块石头都由自己支配。无政府主义没忘记人的崇拜，但是把人的崇拜一丝不苟用于个人。这种一丝不苟产生的矛盾，比我们自己的矛盾更要不得。

另一部分人把这些散放在地上的石头集合在一起。他们宣扬群众的权利。这种公式难如人意。因为，个人虐待群众固然不可容忍，群众虐待个人同样不可容忍。

还有一部分人把这些没有力量的石头攫为己有，拼凑它们成一个国家。这样的国家也不会使人上进。它同样代表了乌合的一群。把集体的权力操于一人之手。是一块石头的统治，这块石头高踞于众块石头之上，还妄称自己与其他石头打成一片。这个国家明确宣扬一种集体的道德，我们至今加以拒绝。为了人而拒绝是很有道理的；但是由于忘了人，我们自己也在慢慢向这样的道德走去。

新宗教的信徒反对许多矿工冒生命危险去救一名埋在地下的矿工。因为那时这堆石头要受到触动。如果一名重伤员拖住了部队的行进，他们会结果他。大家庭的利益他们是用算术计算的——指挥他们行动的也将是算术。上升到一个更高境界，他们会受损失。从而憎恨一切与己不同的东西，既然在更高境界中他们支配不了什么与自己不分彼此。一切外来的习俗、民族、思想，对他们必然是一种冒犯。他们没有能力吸收。要把人的品质转化为自己的品质，适当的方法不是要他受损害，而是表明志向、确定愿景目标、创造发挥潜力的空间。转化人，不过是解放人而已。教堂可以吸收石头，石头在教堂中取得一种意义。但是一堆石头吸收不了什么，少了吸引能力，这堆石头只会重重压在他物身上。事实也是如此——但错的是谁呢？

集合的石头分量很沉，胜过散放的石头，我对此并不奇怪。

可是，最强的是我。

我是最强的，如果我不迷失道路。如果我们的人道主义恢复了人。如果我们懂得建立自己的大家庭，如果我们在建立中使用了唯一有效的工具：牺牲。我们的文明从前建立的大家庭，不是我们利益的总和，而是我们心血的总和。

我是最强的，因为树比土壤中的元素强。树把土壤中的元素吸收到自己身上。滋养自己成了树。教堂比石头堆辉煌。我是最强的，因为我的文明有唯一的能力，把不同的力量凝聚团结，而不使谁受损害。它使自己的力量源泉喷涌不止，同时又在其中汲取不尽。

出发时刻，我企图先接受后奉献。我的企图是空的。就像谈到可悲的语法课。应该是先奉献后接受——先盖屋后居住。

母亲献出她的奶,为她的亲人建立她的爱,我献出我的血,为我的亲人建立我的爱。这是神秘之所在。建立爱要从牺牲做起。然后,爱可以引来其他牺牲,无往而不胜。人总是应该走最初几步。他必须先生而后存在。

我执行任务回来,建立了我与农庄主侄女的亲属关系。她的微笑在我是一目了然的;通过她的微笑,我看到了我的村子。通过我的村子,看到我的国家。通过我的国家,看到其他国家。因为我所属的文明,选择了人作为柱石。我所属的第三十三联队第二大队,愿意为挪威而战。

很可能,阿利亚斯明天又要我去执行另一项任务。我今天穿上飞行服,向一位我看不见的神效劳。阿拉斯的炮火打破了外壳,我看见了。我这里的人同样也看见了。倘若我在黎明起飞,我会认识到我还在为什么战斗。

但是我极想回忆我看见的东西。为了今后容易记,我需要归纳成一个简单的信条。

我将为人高于个人——如普遍高于个别——而战斗。

我相信普遍精神的崇拜激励和凝聚个别的财富,并建立唯一真正的秩序,也即生命的秩序。一棵树是合乎秩序的,尽管它的枝杈不同于它的根须。

我相信对个别的崇拜只会导致死亡,因为它把秩序建立在相似上。它混淆了本质的一致与部分的等同。把石头排列成行建筑不了教堂。谁妄图把个别的习俗强加于其他的习俗,个别的国民强加于其他的国民，个别的民族强加于其他的民族，个别的思想强加于其他的思想，我将与谁斗争。

我相信，人高于一切的原则建立唯一有意义的平等和自由。我相信，每人在行使人的权利上是平等的。我相信，自由是向上做人的自由。平等不是同等。自由不是鼓励个人去反对人。谁妄图把人的自由屈从于个人和一群个人，我将与谁斗争。

我相信，我的文明为了确立人的统治，把同意为人作出的牺牲称为慈善。慈善是通过个人的平庸给人的献礼。慈善塑造人。谁借口我的慈善是在鼓励平庸，从而否定人，并把个人囚禁在永远的平庸中，我将与谁斗争。

我将为人斗争。反对人的敌人。但是也要反对我自己。

第二十八章

我回到了同志身边。我们大家都在半夜集合,接受命令。第三十三联队第二大队困了。大炉子的火焰变成一团炭火。大队表面上还撑得住,这仅是一种幻觉。奥什台愁眉苦脸看他那只表。贝尼珂在角落里,后脑靠着墙,闭上了眼睛。加瓦勒坐在桌上,眼神茫然,两条腿往下挂,像个快要哭的孩子撅着嘴。阿赞勃望着书摇晃。只有少校一人精神抖擞,但苍白得怕人,拿着纸在一盏灯下低声跟杰莱商量。"商量"也只是一种假象。少校讲话。杰莱点头,说:"是的,当然。"杰莱死死念他的"是的,当然"不改口。他对少校的布置愈贴愈紧,像溺水者抱着救生者的脖子不放。我要是阿利亚斯,语气不变地对他说:"杰莱上尉……天一亮您要枪毙……"我看他也会这样回答。

大队三天来没有睡觉,像一座纸糊的城堡那样挺着。

少校站起身,走向拉科代尔,把他从梦中叫醒——在梦中,拉科代尔或许下棋把我赢了:

"拉科代尔……您一大早就走。超低空飞行任务。"

"好的,我的少校。"

"您应该睡觉……"

"是的,我的少校。"

拉科代尔又坐下。少校往外走，身后跟着杰莱，像钓竿上拖了一条死鱼。肯定，杰莱没有睡不是三天，而是一星期了。阿利亚斯也是如此，他不但驾驶飞机执行军事任务，还肩负大队的责任。人的耐力是有限度的。杰莱的限度已经超过了。他们俩——救生者与他的溺水者——还是一起出发去追逐幽灵般的命令。

韦赞疑虑重重向我走来。韦赞也像个梦游者，在站着睡觉：

"你睡啦？"

"我……"

我把后脑勺靠在椅背上，因为我发现了一张椅子。我也是，睡着了，但是韦赞的声音在折磨我：

"这样下去是不行的！"

这样下去是不行的……事前设防……下去是不行的……

"你睡啦？"

"我……不……什么下去是不行的？"

"战争。"

这，倒是新鲜事儿！我又坠入睡乡。模模糊糊地回答：

"……什么战争？"

"怎么？'什么战争'？"

这样谈话是谈不深的。啊！波拉，倘若空军大队有几个蒂罗尔保姆，我们全体队员早就上床多时了！

少校一阵风似的打开门：

"上级决定。撤离。"

他背后站着杰莱,非常清醒。他可把他的"是的,当然"留到明天再说。今后剩余多少天他自己也不知道,反正今夜还可借用,去干那些累死累活的苦活。

我们大家站起身。说:"啊……好……"除此还能说什么呢?

我们什么也不会说。我们将保证撤离工作。只有拉科代尔一人等待黎明起飞,去执行他的任务。要能回来,直接上新基地集合。

明天,我们也是什么都不会说的。明天,在证人看来,我们是失败者。失败者应该缄默。像种子。